Thierry Verron

CES OBJETS OUBLIÉS

Tome I

Nouvelles

Siloé poche

La Fontaine de Siloé

CES OBJETS OUBLIÉS

© La Fontaine de Siloé
14 rue Jean-Pierre Veyrat
73000 Chambéry
Tél. 04 79 68 22 15
www.fontainesiloe.com
contact@fontainesiloe.com

Crédits photographiques :
© Cindy Biguet pp. 5, 15, 19, 29, 35, 41.
© Évelyne Sorrel pp. 47, 55, 95, 63, 67, 73, 79, 89, 95, 99, 103, 107, 115, 127, 131, 135, 139, 149, 163, 183.

La Fontaine de Siloé est soutenue par la Région Auvergne-Rhône-Alpes.

Dépôt légal : mai 2024

ISBN : 978-2-84206-850-9

Sommaire

Avant-propos

C'est ainsi : les objets sont une part essentielle de nos courtes vies.

N'avez-vous jamais trouvé une vieille montre, un habit, un bijou, un jouet ou un livre abandonné ? Puis on s'interroge naturellement sur leur histoire.

Les objets font partie de nous quoi qu'on en dise… Ils sont nécessaires. On en a besoin, on les achète, on les aime, on les jette !

Ils disparaissent et réapparaissent au hasard, quand on les cherche et parfois quand on ne veut pas les revoir. Témoins des âges de la vie, ils enchantent, nous aident et nous attristent.

Au-delà du temps, ils existent après nous comme un rappel de quelques tristesses, de quelques joies.

Imperturbables, les objets résistent à l'usure des vies. Ce sont eux qui resteront, ce sont eux qui nous dominent, qui marquent notre passage, qui brilleront longtemps après notre départ. Telle la pierre du Petit Poucet, un à un, l'objet se veut trace et parole des événements passés.

Dans une commode, au creux de la terre ou endormis au fond d'un grenier, ils se sont retrouvés. Quelques mois, quelques années, quelques siècles après, l'objet désire qu'on parle de lui, qu'on le fasse renaître.

Ces cinq nouvelles n'ont pour autre but que d'extirper de l'oubli ces choses et les sentiments, les images qui leur sont attachés.

À la fois proches et lointains, ils sont une partie de nous-mêmes, de notre histoire, de nos lieux. Car une histoire d'objet est toujours une histoire de personne, d'amour ou de haine.

Maintenant, vous ne les verrez plus pareil.

SERPENTINE

Blottie dans un coffre de pierre, voilà près de 5 000 ans que j'attendais patiemment que l'on me ramène à la vie. Et puis il suffit d'un simple coup de pioche pour que je ressuscite. Réveil brutal qui fit voler un éclat de mon tranchant. J'en porte d'ailleurs pour l'éternité encore la cicatrice... Mais comment leur en vouloir ? Ils n'étaient pas curieux. De braves maçons, des hommes très étonnés de me rencontrer en compagnie d'autres merveilles, d'autres artefacts, par le plus grand des hasards.

L'hiver venait de s'en aller avec bien du mal. Durant les dernières semaines, il n'en finissait plus d'agacer, s'amusant à jeter de lourdes chutes de neige sur les toits, paralysant interminablement les hameaux isolés, retardant l'éclosion des primevères et l'avènement des espoirs humains. Et j'écoutais claquer les sabots des sages tarines au-dessus de ma tête, elles manifestaient ainsi leur impatience de retrouver les vastes alpages verdoyants de la vallée des Belleville.

En ce mois d'avril 1908, maintenant que les propriétaires de la maison qui me protégeait pouvaient entreprendre leurs projets de vastes travaux d'agrandissement et d'aménagement, je n'avais plus longtemps à attendre pour sortir de mon sommeil millénaire. L'étable était peu spacieuse. Pour vivre mieux, M. Chavoutier comptait « pousser les murs » verticalement et horizontalement pour accueillir deux ou trois vaches supplémentaires. Il commença à décaisser le sol. Creuser une rigole sur 40 centimètres pour l'évacuation du lisier, cela ressemblait à la modernité. Les premiers coups de marteau, assénés brutalement, firent voler les cloisons de bois. La terre battue, protégée par les planches de mélèzes depuis des décennies, apparaissait. On m'enlevait cette protection, il me semblait que je respirais mieux. Alors, je sentis une pointe métallique blesser l'extrémité ovale de mon corps. Je perdis un fragment que les archéologues jamais ne retrouvèrent.

Le traumatisme fut grand dans la sépulture qui m'hébergeait. Le chaos ou presque. Et ce ne fut qu'après de violents chambardements, retournements de terre où nous étions jetés dans des brouettes, qu'enfin nos terrassiers prirent conscience qu'ils profanaient une sépulture. Dans une fosse creusée spécialement pour nous, délimitée par quatre dalles, j'avais été posée là en compagnie d'autres choses de nature bien différente. Le temps avait fait bouger la longue pierre fermant notre repos, la terre s'était ainsi engouffrée. Couverture fine qui enroba mon défunt propriétaire, figeant à ses côtés les éléments d'un temps lointain. Serrée dans sa main droite, j'avais été placée lors de la cérémonie funéraire. Je n'appartenais pas au mort, c'était plutôt en guise d'honneur posthume que je l'accompagnais pour ce dernier voyage.

Sueur au front, les hommes plantaient les pics autour de moi, pelletaient rudement. Puis ce fut le silence et l'arrêt total des travaux. Pause décidée lorsque la calotte blanche du crâne d'un trépassé apparut. Stupeur dans un premier temps, interrogations qui suivirent, puis prise de conscience de l'importance des restes nombreux qui surgissaient.

Le chantier fut suspendu pour une durée indéterminée. Incroyable découverte pour les habitants du bourg, dormant d'ordinaire d'un profond sommeil, sans se douter que sous leurs pieds, on avait inhumé des corps dans un cimetière inconnu et non répertorié.

Macabre rencontre, alerte donnée, enquête inévitable. La Gendarmerie de Moûtiers constata la présence d'ossements humains. Mais rapidement, l'avis scientifique et les premières investigations policières sérieuses établirent que les restes dataient d'une période fort ancienne. Le dossier fut confié à des précurseurs de l'archéologie alpine. Sans hésitation, ils certifièrent que notre mort avait vécu à la Préhistoire, plus précisément au Néolithique. Parmi les trois tombes dégagées, celle d'où émergeait le crâne se singularisait par un mobilier exceptionnel et par quantité d'objets de pierre et de cuivre. Pour éclaircir cette profanation, on fit appel à Jean Auguste, un enfant de la famille Chavoutier. Licencié en Lettres, historien, prêtre enseignant à Saint-Paul, il fut secondé par un professeur de physique, le baron A. Blanc.

Le mort, recouvert de quelques cailloux, reposait sur une grande dalle en pente. Autour de lui, les deux professeurs dressèrent un inventaire d'une richesse sensationnelle : une pendeloque et un poignard en cuivre, ainsi que le manche en bois de cerf de la petite barre de cuivre, deux haches en roche verte, une grande lame en silex cassée en deux, une grande pièce foliacée losangique cassée, deux canines gauches de suidés et quelques restes humains, représentés par quatre vertèbres et deux fragments de mâchoire inférieure et supérieure droite contenant encore quelques dents extrêmement usées mais dépourvues de caries.

Des relevés précis de cette tombe particulièrement riche furent pris, relevés un peu aléatoires toutefois tant le retournement du sol avait été énergique et épouvantable. Un à un, chaque objet fut prélevé, numéroté, mis à l'abri dans des boîtes pour le transport. Ils seraient plus tard étudiés en laboratoire. J'étais heureuse de revoir le soleil des montagnes, que l'on apprécie à nouveau la douceur de ma lame, que l'on m'admire, que l'on me touche.

Tout commença pour moi dans les Alpes. Pas dans cette commune de seconde naissance, au-dessus de Moûtiers, mais à quarante kilomètres à vol d'oiseau, vers le col du rocher Blanc, entre Tarentaise et Val d'Aoste. On m'a extraite sans difficultés du ventre de la montagne puisque mon gisement affleure dans les éboulis à la frontière italienne. Au petit matin, ils sont montés de la vallée. Ces valeureux montagnards ont peiné pour me trouver. Il fallait contourner des blocs gigantesques, des escarpements dans des pentes raides glissantes, puis suivre l'arête dangereuse pour m'atteindre. De ces carrières naturelles difficilement accessibles, j'ai été transportée à dos d'homme. Je suis si dense, si solide qu'ils ont dû me polir pour faire de moi ce que je suis : un objet sacré. Serpentine, tel est mon nom. Un joli nom. Jadéite, de couleur vert olive, je rappelle celle du reptile et ma rugosité ses écailles. Vous pensez que je suis prétentieuse. Faites l'essai : mettez dix haches polies sur une table, silex clair et foncé, dolérite, grès, fibrolithe, serpentine, pélite-quartz... et jadéite ! Demandez à votre meilleur ami, à votre ami le plus honnête, d'en choisir une seule sur l'esthétique de la lame. Immanquablement, c'est la jadéite qui sera choisie pour sa couleur, son aspect, l'accroche de la lumière, le soyeux au toucher...

C'était le minéral le plus difficile à travailler à l'âge de la pierre polie et sa couleur ne s'altère pas avec le temps. Saison après saison, siècle après siècle, rien n'avait de prise sur moi. Il n'en était pas de même pour l'être exceptionnel auprès de qui je demeurais depuis plusieurs millénaires.
Son destin étroitement lié au mien fut tragique.

Cela s'est passé il y a plus de 5 500 ans. C'est la date retenue par les scientifiques après deux datations modernes au radiocarbone. En ce temps-là, les paysages étaient bien différents, les villages presque inexistants et les modes de vie si éloignés de ceux de ce début de XXe siècle. Une région isolée, sauvage, vierge le plus souvent de toute intrusion humaine.

Cindy

Une montagne livrée aux excentricités de la nature, aux caprices des saisons. Une montagne où le monde animal régnait sans partage, difficilement accessible aux hommes. C'est sans doute pour cette raison, cette curiosité et ce besoin de s'approprier certaines ressources naturelles, qu'un jour apparurent les premiers visiteurs. Luttant contre les éléments et déjouant les pièges des sommets, ces nouveaux nomades franchirent les cols, remparts alpins dangereux, loin de leur terre natale.

Que venaient-il faire pour risquer ainsi leur vie ? Combien de jours, combien de nuits, exposés aux fantaisies météorologiques durant plus de quatre cents kilomètres ? Voyageurs courageux, solitaires souvent, ils avaient abandonné leur clan, fait le pari insensé de découvrir des richesses nécessaires à l'amélioration du quotidien, au bien-être tout simplement. Question de survie ? Pas toujours. Obstinément, ils avaient choisi le chemin du progrès dans une humanité sans cesse en lutte. L'absence de végétation en haute altitude, les belles teintes orangées et parfois bleues, vertes ou dorées du minerai tant recherché permettaient de le repérer facilement…

Risquant leur vie au sein de cet univers où les bêtes sauvages demeuraient des concurrents, des prédateurs aussi, certains ne revirent pas le berceau de leur naissance. D'autres décidèrent de s'approprier les nouveaux espaces et se fondirent dans de nouveaux clans par amour, par nécessité économique, par sécurité et confort quelquefois. Varga appartenait à cette race de conquérants de l'impossible. Ceux qui acceptaient les risques, ceux qui osaient pour des raisons impérieuses se mettre en quête de ressources nouvelles et tant convoitées. Alors éclataient des querelles parfois mortelles pour l'appropriation de ces matières rares et difficiles à obtenir, à arracher à la montagne.

Avec une espérance de vie de 30 ou 40 ans, il fallait faire vite, relever les défis qui se présentaient sur la route, surtout celui de la solitude. Indépendant chasseur-cueilleur mais prospecteur avant tout, Varga avait pénétré en Haute Tarentaise en franchissant d'abord le col du Mont-Cenis puis le col des Encombres à la fin du printemps. Comment avait-il choisi cet itinéraire ? Sans doute un peu par hasard, par expérience aussi car aguerri aux longues randonnées, il savait « lire » la montagne et se diriger à l'instinct. Il était parfaitement équipé pour affronter les embûches des sommets. Son voyage avait duré plus de deux mois.

Le retrait des glaciers à cette époque facilita le périple pédestre de notre prospecteur. Il échappa cependant in extremis à la mort lors de quelques courtes mais brutales tempêtes de neige. Sagement, il prit la décision de se blottir sous des rochers et d'attendre, endurant stoïquement les morsures du gel. S'alimentant de graisse, de céréales, de viandes séchées, il vainquit ainsi les courroux de la Nature. Au fil de ses heures de marche, il observait le relief et les massifs parcourus avec peine, essayant de discerner les richesses naturelles animales, végétales et spécialement minérales. Les sentiers sillonnant la montagne n'existaient pas ou peu. Faire des choix, suivre les tracés des gros animaux, mettre sa vie en jeu chaque matin pour parvenir à son but : trouver les filons de cuivre ou découvrir des gisements de sels dans des contrées étrangères.

En ce milieu d'été, les lacs étaient gonflés des eaux de fonte des neiges de l'hiver passé. Impuissants, les glaciers subissaient l'échauffement solaire. En contrebas, il aperçut des troupeaux de bouquetins peu farouches qui relevaient la tête et l'observaient sans panique aucune. Un gros mâle à l'écart, puis deux... puis trois... Et apparaissant alignée, près du torrent des Encombres, moins méfiante que les chamois, toute une harde s'abreuvait sur son territoire. Au fur et à mesure qu'il entamait sa descente salvatrice vers la vallée verdoyante des Belleville, comme dévorée par la forêt lointaine, les bêtes quittèrent à pas lents le vallon pour se mettre en sécurité. Elles avaient

raison d'abandonner les eaux bouillonnantes car Varga tenait déjà fermement en main son arc, une flèche prête à foudroyer n'importe quel membre attardé de la troupe. Sa viande aurait fait le bonheur de notre homme amaigri. Et puis dans ces conditions de voyage si difficiles, en plus de cette venaison si appréciée, il y avait cet os étrange, en forme de croix, dans la région du cœur de l'animal sacré, qui constituait un précieux talisman. Muni de cette relique, celui qui la portait se sentait invulnérable au vertige. Varga s'attirait la protection des dieux, une sécurité au cours de ses entreprises périlleuses dans les parois vertigineuses.

Imiter les bouquetins, atteindre le torrent pour se désaltérer, c'est ce que fit notre marcheur. Les semaines de prospection avaient été éprouvantes et infructueuses, les cheminements difficiles à suivre. Les franchissements des étroits comme des larges cours d'eau avaient provoqué des détours, de la fatigue supplémentaire. Gouffres infranchissables à contourner pour ne pas perdre la vie qui ne tenait souvent qu'à un fil, qu'à une banale erreur, une rêverie parfois.

Obligation de remonter les vallées et de sauter d'une vallée à l'autre, résultat d'une expérience de terrain transmise de génération en génération. Et malgré toutes ces précautions, quelques frayeurs, des blessures légères mais aucune infection fatale car il savait utiliser les herbes aux vertus médicinales. Avertissements fréquents, rappels à encore plus de prudence afin d'éviter le néant. Varga était parti seul, conscient qu'il ne pourrait faire confiance qu'à lui-même, évaluer de manière critique ses propres choix. Point d'excès de confiance de débutant ! Son corps portait déjà les stigmates de ses rares aveuglements.

La montagne lui apportait une paix intérieure mais proposait pour qui était trop présomptueux une palette de périls et de dangers mortels. À l'aube de sa maturité physique - Varga allait avoir bientôt 30 ans - il s'était enrichi dans l'adversité. Chanceux ou clairement intelligent, il avait évité les chutes de pierre et de séracs, les dévissages sur les arêtes glissantes, les avalanches, les plaques à vent, les corniches instables...

Le soleil allait disparaître au loin. Quelques doux rayons chauffaient encore la prairie rase bordant le ruisseau abandonné par les bouquetins. Varga choisit ce tapis pour passer la nuit. Demain, il reprendrait son expédition avec l'espoir de rencontrer des hommes, plus bas, dans des altitudes moins hostiles.

Sitôt l'astre enfui derrière les sommets à l'horizon, le campement rudimentaire fut installé, constitué de son manteau en peau de mouton, résistant à l'humidité, jeté sur le sol.

Une poussière de soleil sur la cime de Caron refusait d'abdiquer, ultime vapeur lumineuse, dernier avertissement d'une prochaine nuit incertaine et longue. Il recouvrit son corps d'une cape d'herbes tressées, cela suffirait en cette saison à le protéger de la froidure nocturne mordante, surtout au frileux petit matin. Rien à craindre des bêtes sauvages, qui avaient appris à éviter l'homme à la belle saison. Il n'avait pas fallu longtemps pour que les autres habitants de la montagne se méfient de l'animal à deux pattes.

Qu'elle était fraîche, cette eau ! Élixir bienfaisant, à elle seule, elle réussissait à calmer la fatigue de ses jours de lutte contre les éléments. Persévérante comme lui, elle traversait, maligne, les terres inconnues de rochers en rochers, se précipitait de cascades en cascades. Rares étaient les moments où il se permettait de regarder le ruisseau aller son chemin. Cependant, là, paresseusement, il pouvait enfin contempler, stopper sa course vitale, adopter le même rythme que l'eau qui serpentait langoureusement au milieu de ce vallon moussu.

Après avoir roulé avec impétuosité, grondé, produit des gerbes fracassantes, le torrent adoucissait son cours, se voulait berceuse aux oreilles de l'homme exténué. Filet de cristal, il reflétait le scintillement des étoiles qui veillaient sur le dormeur recroquevillé. Et tandis que la source glacée chantait, Varga, dans sa solitude, portait un regard vers la voûte céleste, à une incommensurable portée. Le cycle de vie de son clan se poursuivait. Les étoiles de son ciel étaient les étoiles de leur ciel. Et peut-être que leurs pensées communes s'unissaient dans le même univers. Car le voyageur n'avait qu'un but : pouvoir revenir parmi les siens. Un jour… Dans quelques mois… Quand il aurait accompli sa tâche.

Au sommet de ces monts de Vanoise, mélancolique, il fixait les cimes couronnées de points lumineux, striées de comètes. Il y cherchait le miroir dans lequel se reflétaient ceux qu'il aimait et tant de souvenirs. Le mal du pays commençait à le harceler. Insidieusement, le temps rongeait son corps et son âme. Il avait l'habitude, il saurait tenir bon, il réussirait sa mission, il trouverait la pierre rare.

Le sommeil l'envahit rapidement. Point de sifflement du vent sur les arêtes, point de grognements et d'appels d'animaux, point de rochers roulant des falaises. Le silence l'avait emmitouflé comme il avait posé son voile paisible sur les moraines, la multitude des lacs voisins, endormis eux aussi. Il fit un rêve dont il se souvint au réveil : le chef de son clan lui avait demandé le jour de son départ de rapporter une étoile de cristal pour conjurer les mauvais sorts prompts à s'abattre sur le village. Dans son rêve, il se revit faire la promesse de la rapporter, il repensa aux larges sourires des siens et à ses adieux. C'était bien loin tout ça, et l'étoile manquait toujours dans son sac…

Jamais le ciel ne lui avait paru si profond, les étoiles si brillantes… Elles lui susurraient à l'oreille les secrets des ancêtres. Son père avait évoqué quand il était enfant que certaines tombaient, pénétraient dans le cœur de la Terre pour s'y cacher. Il suffisait de bien ouvrir les yeux en montagne pour les retrouver sous forme de cristal pur, il fallait bien chercher aussi.

Depuis qu'il prospectait, jamais une étoile tombée n'était réapparue. Cela ne remettait pas en cause sa détermination. Avec une pointe de chance avec lui, ou la patte du hasard tout simplement…

L'une après l'autre, chaque veilleuse dans le ciel s'évanouissait. Varga dormait encore. À quelques mètres de sa couche, des trous criblaient le sol sans qu'il s'en fût inquiété la veille.

Le réveil fut brutal. C'est en passant sa main sur sa barbe recouverte de gouttes de pluie qu'il déclencha l'alarme le ramenant à la vie terrestre. Une marmotte, sentinelle surprise par les mouvements vifs de cet étrange animal qu'elle voyait pour la première fois, s'approcha. Et lorsqu'ils furent presque nez à nez, les yeux de Varga s'ouvrirent. L'épouvante aussitôt entraîna un sifflement strident et une fuite instantanée. Une surprise commune, un rendez-vous improbable.

Lever du jour explosif. Il demeurait perdu au milieu d'une brume épaisse qui annonçait une journée morose tant le ciel avait changé, tant il avait tout enveloppé et dissimulé. Un brouillard inquiétant à cette altitude faisait perdre les repères à tout randonneur, même le plus aguerri. Varga semblait enseveli dans cette couche de coton si opaque, cherchait la solution calmement, ne paniquait pas. Dans le ciel, les chocards lui rappelaient qu'il n'était pas seul, qu'eux aussi paraissaient déstabilisés, perdus, la tête noyée dans les nuages. Hâtivement, il rassembla son équipement et s'assit pour espérer que la situation s'améliore. Ce fut le vent qui mit fin à cette attente nécessaire. Peu à peu, une brise déchira le brouillard qui se désagrégea. Quelques rayons de soleil percèrent la dense enveloppe humide, posant des flèches de lumière sur les parois proches. La vie reprenait son cours. L'astre solaire remettait de l'ordre dans cet automne prématuré : tout s'éclaircissait enfin, redonnant espoir et courage. Les pentes des vallées fumaient encore mais les dernières brumes rampant vers les cols et les crêtes s'effaçaient. Les longues lignes dentelées retrouvaient leur majesté. D'ultimes fumerolles s'accrochant dans les ravins se détachaient et se mélangeaient aux nuages bas qui s'enfuyaient pour encapuchonner les aiguilles aux neiges éternelles et se reposer doucettement sur les langues glaciaires. Il était temps de reprendre le chemin.

Gravissant encore plusieurs cols, de plus faible altitude, grimpant dans des pierriers vertigineux, ses pieds roulaient sous ses pas hésitants. Traversant les derniers névés, Varga aboutit à un vallon plus large où sa vue portait très loin. Il semblait qu'il avait enfin atteint la moitié de son voyage. Malheureusement, et cela le contrariait vivement, ses explorations, ses sondages restaient stériles. Les stries lumineuses qu'il rêvait d'apercevoir et de toucher n'étaient jamais apparues. Retournant les éboulis au pied des parois pour y trouver des indices, scrutant rigoureusement les strates minérales, il fit l'amer constat que cette montagne ne cachait pas le précieux minerai. Peut-être que sa quête serait plus fructueuse sur son chemin du retour par l'autre vallée…

Les saisons en montagne se succédaient souvent après quelques brefs avertissements annonçant les changements brutaux. L'automne aux rigueurs imprévisibles pouvait compromettre ses chances de regagner sain et sauf son village. Et ces ambiances magiques conduisaient au drame. Quelquefois le refroidissement en fin d'été prenait une tournure hivernale. Avec l'arrivée des premières neiges, les cols barraient leur route irrémédiablement, condamnant les voyageurs trop aventureux à une mort certaine. Cette neige tombée sur les massifs redessinait de nouveaux paysages, faussait les itinéraires, décidait du sort des retardataires. Varga connaissait tout cela, il s'était laissé porter par la marche et le désir de dégoter la pierre précieuse jusqu'à ce territoire qu'il ne connaissait pas. S'il rencontrait d'autres hommes… Son salut en dépendait. Le sort en cette fin de journée prit la forme d'une harde de chamois qu'il vit fondre en sa direction, sans doute apeurée par quelque prédateur. Dans le ciel aucun aigle, sur les pentes proches aucun carnassier à l'affût…

En quelques secondes, la bande passa à quelques mètres de lui et trouva refuge sur un promontoire. Une vieille femelle sonnait l'alarme en bêlant intensément. Les autres mères regroupées autour des petits préparaient une échappée salvatrice et attendaient le signal de la matriarche. Celle-ci, responsable de la survie du groupe, observait les gestes de l'homme. De longs regards échangés. Pourtant, elle ne semblait pas le craindre, la peur était ailleurs. Puis tout se précipita. Un cri humain se fit entendre et se répercuta en un sombre écho dans ce décor majestueux. Et dans la seconde qui suivit, une chute… La vieille chèvre bascula dans le vide, vint s'abattre au pied de la paroi, foudroyée. La harde ahurie, désorientée, éclata, s'éparpillant dans toutes les directions. Les petits prenaient des chemins dangereux dans la panique. Chacun pour sa peau, quitte à finir dans le vide. Alors, levant l'arc au ciel, une silhouette se profila sur le rocher où quelques minutes auparavant se dressait le noble animal caché dans les pierres. À ses côtés, un autre individu apparut, lui aussi armé. À cette distance, difficile de deviner l'âge et le sexe des chasseurs et encore moins leurs intentions. Varga ne craignait pas les bêtes sauvages, il savait les combattre ou les éviter. Pour les rivalités humaines, rien n'était acquis. Dans cet univers inconnu, les mauvaises rencontres pouvaient arriver. On privilégiait les échanges mais des drames survenaient quelquefois, fruits de la peur de l'autre.

Par instinct, il reprit son arc en main et s'approcha du chamois inerte. La proie était transpercée par une flèche plantée profondément dans le poitrail. Seul un chasseur expérimenté pouvait atteindre sa cible de la sorte, ce geste nécessitant une grande force et une maîtrise prodigieuse surtout à cette distance. À l'instant où il voulut attraper l'empennage,

distinctif de chaque clan, les chasseurs hurlèrent et s'approchèrent à vive allure, leurs arcs accrochés au sac de portage dans le dos. Varga leur fit face, se tenait sur ses gardes, le poignard en main. Chacun cherchait dans le regard de l'autre ses intentions dans un silence pesant. La rencontre aurait pu être explosive et guerrière, elle fut tout au contraire presque amicale. L'un des deux archers au physique athlétique était une femme portant le doux prénom d'Elona. De haute taille, elle possédait une musculature puissante, de longs cheveux noués. Des yeux en forme d'amande adoucissaient son visage et soulignaient son sourire. Croissants de lune vairons qui charmèrent immédiatement le voyageur de Remedello.

Le vieillard qui l'accompagnait était son père. Barbe longue, rides profondes, peau hâlée striée de plusieurs cicatrices sans doute causées par des coups de griffes ou de couteau reçus lors de luttes anciennes. En ce temps-là, la Savoie se trouvait à un carrefour d'influences culturelles, qui attestaient qu'aux temps néolithiques, les vallées alpines n'étaient pas enclavées. Déjà, les grands cols constituaient des voies de passage. De fait, notre prospecteur maîtrisait de nombreux dialectes. Cela lui facilitait toutes sortes d'échanges, lui permettait d'apprendre pour survivre.

Les massifs alpins proposaient une grande richesse cristalline. Les filons étaient connus des peuples autochtones. Connus, surveillés et protégés ! Nos trois marcheurs partageaient cette attirance pour les entrailles de la Terre. Ils se comprenaient donc et purent lier des relations immédiatement.

Le chamois dépecé fut l'occasion de partager un premier repas enrichi de baies de myrtilles et des prunelles glanées dans les pentes buissonneuses. Toutes les occasions étaient bonnes pour assurer des réserves de nourriture et diversifier l'alimentation. Nature prolifique, nature ingrate et redoutable parfois. Il fallait anticiper et s'adapter jour après jour. La viande serait partagée avec les dieux de la montagne comme les croyances le recommandaient. Quand les hommes seraient rassasiés, la carcasse serait abandonnée, jetée aux âmes de la nuit, aux crocs fantômes.

À l'abri d'un rocher les protégeant de la brise nocturne, un feu fut vite allumé par le vieil homme. Le fagot d'arcosse ramassé s'embrasa sous la percussion d'un morceau de silex et de pyrite. D'une adresse surprenante, le maître du feu envoya l'étincelle chaude sur quelques poussières d'amadouvier instantanément recouvertes d'herbes sèches. Les flammèches montèrent dans le ciel, la prairie s'illuminait. Assis sur des peaux de bêtes, les trois voyageurs firent connaissance. À tour de rôle, chacun raconta son parcours. Le patriarche parla le premier, les deux autres semblaient suspendus aux paroles de cet homme à l'apparence de sorcier. Plus ils regardaient le feu, plus ils se détendaient et riaient de bon cœur.

La lumière vacillante, les bruits de crépitements, la chaleur et les odeurs du feu de camp berçaient leur amitié naissante. Les deux chasseurs étaient des cristalliers, ils arpentaient depuis plusieurs années les versants de la vallée des Belleville. Ils en connaissaient tous les recoins. Père et fille partageaient cette étrange passion d'aller récolter au péril de leur vie des cristaux, des trésors rares au tréfonds des montagnes, endormis depuis des millions d'années. Durant leurs explorations, mi-hommes, mi-chamois, ils bondissaient d'une paroi à l'autre comme la bête qu'ils mangeaient avec un féroce appétit. Leurs pieds adhéraient facilement aux longues dalles de gneiss et de granit polies par les glaciers. Quand ils allaient « aux cailloux », nourris par cette complicité de sang, seul leur espoir de découvrir « l'étoile extraordinaire » comptait. Jamais ne banaliser les risques, jamais ne se laisser emporter par l'émotion de la découverte. La montagne était sans pitié, ne pardonnait pas la moindre faute, la plus infime erreur de jugement ou le moindre mauvais geste fait dans la précipitation.

Varga leur décrivit son village par-delà les cols, les raisons de sa présence ici. Il était sur le chemin du retour, et sur ce chemin, il avait rencontré une chasseuse aux charmes de laquelle il n'était pas insensible. Elona évoqua les autres membres de sa famille restés un peu plus bas dans la vallée. Maintenant, ils n'avaient plus la chance de flâner entre lacs et névés pour la triste raison qu'ils n'étaient plus de ce monde.

Son frère de dix ans avait subi les colères du ciel, foudroyé par un éclair en plein été. Sa mère avait été emportée par une fièvre tout aussi brutale un an plus tard. Ces deux parents aimés reposaient à Fontaine Le Puits dans des fosses sépulcrales. Père et fille y repassaient à l'occasion. Il fallait garder un lien et ménager la susceptibilité des trépassés, s'en concilier les bonnes grâces aussi et bien entendu cultiver cette tendresse avec les chers défunts qu'ils retrouveraient un jour. Leurs âmes avaient rejoint les niches profondes de la Terre, se cachaient dans les plis des falaises, sous les rochers, dans les failles. Et comme pour envoyer un signe aux vivants, elles leur offraient des cristaux, une infinie part d'eux-mêmes.

Elona était bonne grimpeuse. Elle repérait aisément les filons de quartz. Examinant les falaises avec beaucoup de soin, elle y décelait les lignes blanches, les veines précieuses. Son père était stupéfait quand son regard perçant repérait la présence de géodes, ces superbes cavités tapissées de cristaux dans lesquelles elle glissait un bras pour en ressortir les inestimables pierres. Ensuite, ils échangeaient ces joyaux de la Terre avec d'autres clans. La montagne, affublée de malédictions, peuplée de démons, inexplorée, ne lui inspirait pas la crainte. Une sorte de communion avec les éléments. Elona servait en quelque sorte d'intermédiaire entre les morts et les vivants et ne songeait nullement irriter les esprits.

Le feu avait consumé les branches d'aulne sèches et mourait doucement. Le père chuchota quelque chose à l'oreille de sa descendante. Son visage acquiesça. Se tournant vers Varga, elle lui proposa de la suivre avant les premiers rayons du soleil. Elle l'emmènerait vers le paradis… Pas question pour le vieil homme de les accompagner. En fin de journée, ils seraient de retour. Il chasserait en les attendant. Ils partirent alors que la nuit commençait seulement à s'éclipser. Une fine pellicule de glace mordait les bords du lac du Lou, un givre blanchissait les dernières fleurs.

Quand le soleil fut proche du zénith, ils avaient gagné sans peine le pied de la cime de Caron, un sommet à plus de 3000 mètres

d'altitude. Levant la tête, les yeux d'Elona pétillaient d'impatience. Sous l'arête sommitale, demeurait un reste de glacier suspendu dont les eaux de fonte gelées vernissaient les parois. Elle pria Varga de l'attendre. Avec toutes ses qualités d'araignée, toute sa force, la veine blanche fut vite atteinte. Quelques secondes lui suffirent pour extraire le trésor qu'elle était venue collecter : un éclatant morceau de cristal de roche transparent d'une rare pureté en forme de fleur d'edelweiss aux multiples branches. L'étoile de cristal tant espérée était enfin dans sa main ! D'un geste précis, elle glissa le précieux minéral dans la besace passée dans son dos puis elle descendit lui offrir. Ce fut cette dernière image qu'il garda d'elle : un sourire généreux, des mains qui se tendent et ces simples paroles si tendres adressées à l'inconnu qu'il était : « Tiens, je l'ai attrapée pour toi l'étoile. Tu peux rentrer chez toi colporter ce porte-bonheur de mes montagnes. Tu penseras à moi comme je penserai à toi. » Il lui prit le trésor des mains et durant de longues secondes, leurs regards fixés dans les yeux l'un de l'autre, brillaient infiniment plus que la lumière traversant les pointes des cristaux féeriques. Mais là-haut, d'autres merveilles l'attendaient. Alors, elle fit une seconde visite à la niche cristalline. Légèrement en surplomb, blottie au creux d'un interstice rocheux, une autre étoile diaphane désirait qu'on la cueille. Elona s'en saisit sans difficulté puis un roulement sourd se fit entendre au-dessus d'elle. Sous les yeux de Varga impuissant, la montagne basculait. Des tonnes et des tonnes de glace, de neige se détachaient de la muraille comme un torrent meurtrier que rien ne semblait pouvoir arrêter.

La jeune fille fut happée par le flot funeste et projetée dans le vide. Sur l'arête où la cassure apparaissait nette et brutale, quelques bouquetins dansaient... Il n'y avait plus rien à faire. Le corps miraculeusement intact, sans vie, gisait au pied de la paroi naturelle dans les éboulis. Varga avait assisté au drame. La chute des masses glacées ne lui avait laissé aucune chance de repli. Allongée sur un lit de neige, elle semblait dormir. Ce fut dans ses bras qu'elle rejoignit le campement où son père devait s'angoisser et observer le fond du vallon. Il était tard, elle avait disparu au lever du jour. Le vieux chasseur repensait au bras levé le matin en signe d'au revoir avant de disparaître à l'horizon. Il s'impatientait. La descente du corps fut épuisante, ponctuée de rares haltes. Varga l'étendait sur la prairie alpine pour reprendre souffle. Il la regardait en songeant qu'il mourait lui aussi d'une tout autre petite mort. Déchirants instants mêlés à un sentiment de culpabilité. Mais il n'y pouvait rien, essayer de la retenir eut été totalement inutile. Elona savait ce qu'elle faisait, était morte en symbiose avec la montagne. Son père venait de perdre le dernier membre de sa famille et sans doute l'être qu'il chérissait le plus.

Sa peine fut cependant contenue, intériorisée. Peut-être que la Nature s'était vengée du massacre de la chèvre… Chamois et femme avaient quitté le monde dans une même chute. Les dieux l'avaient décidé ainsi et la vie continuait sans elles. Il n'était pas question de laisser Elona sans sépulture. Dans le ciel, de grandes silhouettes aux larges ailes foncées glissaient haut dans l'azur, rasant les falaises. Cercles silencieux qui annonçaient le départ d'Elona vers le royaume des morts. Émissaires divins, magiciens purificateurs, les vautours pouvaient transmuter sa mort en vie nouvelle.

Ce ne fut pas le choix de son père. Elle ne resterait pas seule, impensable de la laisser à cet endroit, abandonnée aux bêtes sauvages. Sa place se trouvait près des siens. Plus bas à Fontaine-le-Puits, elle reposerait pour l'éternité. Le corps d'Elona gagna la nécropole juste avant la nuit. À quelques pas de son frère et de sa mère, les deux hommes creusèrent une fosse dans la terre, en pente. Une dalle plate et lisse servit de fond qu'ils délimitèrent par quatre autres dalles de pierre. Dans ce coffre, le corps de la chasseuse fut allongé, incliné en position de dormeuse sur le dos, la tête inclinée à l'est sur le côté droit. Son père replia ses jambes. Alors commença le long rituel et les prières qui devaient aider l'âme d'Elona à quitter sans peine le monde des vivants. Elle rejoindrait par-delà les glaciers le bonheur perdu et ceux qui l'avaient quittée un peu plus tôt.

Juste avant de refermer la sépulture en faisant glisser une épaisse plaque de pierre avec l'aide de Varga, le patriarche procéda au dépôt sacré de toute une collection d'objets variés : une hache et un poignard en cuivre, des pointes de silex, deux grosses canines de sanglier. Varga implora le vieil homme d'avoir le privilège d'ajouter quelques objets personnels auprès de la jeune femme. Étonnamment, cette demande singulière fut acceptée alors qu'il était étranger au clan.

Le père vit alors le prospecteur plonger la main dans son sac et en sortir deux belles haches vertes et deux pendeloques, l'un en cuivre et l'autre en coquille nacrée. Varga prit longuement la main droite d'Elona, coinça une hache entre ses doigts puis posa la seconde près de son ventre. Les bijoux furent délicatement disposés près de son cou. Le pauvre père ne s'attendait pas à un si beau geste, si noble par sa symbolique. D'ordinaire les haches polies de pierre verte, de serpentine, n'étaient pas de simples offrandes. Déposées de cette manière, elles permettaient à des êtres exceptionnels de pouvoir rentrer en communication avec les puissances surnaturelles d'un autre monde. Témoignage d'une reconnaissance d'un statut social élevé, ces haches en serpentine étaient confiées au défunt pour qu'il intercède et contrôle la marche du monde pour le bien de tous.

La preuve était faite qu'Elona, une femme, figurait parmi les êtres d'exception. Aux yeux des siens, aux yeux de Varga qui voyait disparaître pour toujours dans cette sépulture l'être aimé... La dalle fut glissée non sans peine.

Mon repos de 5 000 ans pouvait débuter, il durerait jusqu'à ce jour où une pioche accidentellement m'ébrécha. Véritablement touché et attristé, Varga reprit le chemin du retour par le col du Petit-Saint-Bernard. Le père de la défunte finit sa vie dans la vallée de Tarentaise venant quelquefois se recueillir à la nécropole de Fontaine. Au moment de se dire adieu, car il était improbable qu'ils se revoient un jour, le vieil homme tendit au plus jeune une petite boîte cylindrique confectionnée en écorce de bouleau dans lequel deux sacs en peau de renard protégeaient un présent inestimable.

Mais il fit faire la promesse au prospecteur de ne l'ouvrir qu'au terme de son périple, quand il aurait retrouvé son pays. Promesse

tenue durant de longues semaines de marche. Ce fut durant le premier repas de fête préparé en son honneur, que le revenant affaibli sortit les étuis en peau devant tout son clan. Sous les yeux sidérés des membres de son village, deux merveilles reflétèrent les flammes montant dans le ciel automnal.

Brandissant vers le firmament deux étoiles de roche aux multiples branches d'une transparence sans pareil, il avait accompli son rêve et comblé le désir de son chef. Les tubes de cristal recevaient la lumière, la transformaient en l'amplifiant, avant de la projeter dans les iris de tout ce groupe réuni. Des larmes coulèrent sur les joues de Varga. Sans doute pensait-il que ces scintillements s'envolaient comme de tendres clins d'œil à la fille de Fontaine-le-Puits qui les observait. Heureuse là-haut, elle lui répondait en projetant dans l'obscurité des myriades d'étoiles filantes.

Depuis ce fameux jour d'avril 1908, j'en ai fait des voyages, j'en ai connu des propriétaires, des collectionneurs, des voleurs. Je n'oublierai jamais l'homme qui m'a portée dans les montagnes. Je n'oublierai jamais la femme que j'ai protégée dans sa dernière demeure durant des siècles et des siècles. Maintenant, je coule des jours heureux car je profite des regards curieux de mes nouveaux visiteurs qui me montrent du doigt à travers les vitrines.

Sans vanité aucune, j'ai eu le privilège d'être intégrée aux objets des collections du Musée savoisien nouvellement rénové. On ne m'a pas remisée au fond des tiroirs sombres de ce bâtiment historique. Alors si vous voulez que l'on se rencontre, n'hésitez pas ! Venez me voir. Ma sœur et moi vous raconterons notre si belle histoire, l'histoire de la dame de Fontaine-le-Puits.

SUS SCROFA

La salle à manger avait été transformée en chambre mortuaire pour l'occasion. Celle du mourant à l'étage ne permettait pas l'accueil des derniers visiteurs car elle n'était accessible qu'en empruntant un escalier de bois aux marches usées par le temps et trop raides pour les amis âgés. Les volets fermés et les tentures tirées offraient un cadre intime. Les murs recouverts de papiers peints aux motifs de scènes de chasse, quelques trophées accrochés entre les appliques « bougies » permettaient à notre homme de s'éteindre dans l'ambiance qu'il avait appréciée toute sa vie : la chasse.

L'agonie durait depuis plus d'une semaine, ponctuée d'instants d'intenses souffrances, puis de calme. Courts répits d'apaisement durant lesquels le vieil homme redevenait loquace.

La mort, patiente, attendait, se délectait de ces souffles de plus en plus lents, savait que son travail serait facile. Les heures s'égrenaient paisiblement dans un silence troublé par quelques cris, sans doute produits par des cauchemars, réminiscences d'événements sordides et violents. Atmosphère feutrée autour du corps qui s'affaiblissait. Temps étrange de l'agonie, temps suspendu volé à la mort. La mort qui assistait aux dernières heures du chasseur sous la forme de cette tête de sanglier qui souriait en guise de revanche.

Éclairée par les chandelles, la bête semblait cligner des yeux.

Combien de fois avait-elle apeuré les petits enfants ?

C'était un gros verrat solitaire de plus de 150 kg, aux défenses bien affûtées. Les écoutes dressées, il espionnait les visiteurs. Cette énorme tête volumineuse, fixée sur une planche de chêne prolongée par un boutoir impressionnant, semblait sortir du mur qu'elle aurait traversé sans peine.

Ce lieu accueillait d'ordinaire les fêtes de Noël, de Pâques. On y buvait, riait, chantait, mangeait à s'en faire éclater le ventre. Ce lieu aujourd'hui était plongé dans les ténèbres. La lumière des jours heureux avait été refoulée dehors, dans l'attente des ultimes soupirs.

Il n'y avait plus rien à faire. Les médicaments ne servaient qu'à patienter doucettement. Le cœur allait s'arrêter, pour le confort du condamné et de la famille. Le plus tôt serait le mieux.

Le pauvre fut effectivement bien entouré, cajolé, à tel point qu'il mit trois jours de plus pour s'en aller retrouver ses copains de vénerie au paradis des chasseurs.

Personne ne pleurait par décence ou indifférence. Ou peut-être que les glandes lacrymales de l'entourage funèbre réjoui refusaient de produire et d'évacuer les moindres larmes…

Car il faut le dire, Henri le mourant n'était pas aimé, mais craint certainement, tant la violence de son caractère imprévisible agissait sur-le-champ auprès des siens et des villageois.

Henri devait mourir. Âgé d'à peine plus de 60 ans, il en paraissait 80. Son corps pâle haletait, se confondait avec les draps propres, secoué d'effrayants frissons, la figure décomposée, l'œil hagard, comme si une vision horrible lui eût apparu. Certes, de son vivant, on le respectait par peur de ses réactions incontrôlables, par intérêt aussi puisqu'il dirigeait la commune depuis plusieurs mandats. Il avait pris soin de neutraliser ses opposants par des chantages réguliers et machiavéliques, et son petit cercle « d'amis » par des avantages variés sur lesquels ils ne crachaient pas.

Monsieur le maire prenait des décisions rapides, intéressées, sans se soucier des remarques des uns et des autres. Il était riche, possédait une vaste ferme aux dividendes importants, arrosait parfois sous le manteau pour convaincre ou faire taire.

Arroser, il savait le faire, au propre comme au figuré.

Il organisait après les conseils municipaux des apéritifs bien fournis aux frais du contribuable et une fois par mois une partie de chasse durant laquelle sa garde rapprochée, armée jusqu'aux dents, pouvait s'abreuver de bons vins et alcools après que les proies aient été décapitées.

Un petit chalet au milieu de la forêt servait de quartier général pour ces libations rituelles. Le premier magistrat s'y rendait également en compagnie de jeunes filles auxquelles il faisait miroiter un avancement professionnel et une promotion sociale moyennant quelques billets… Il en connaissait, du monde, le bougre ! Il n'était pas dénué de points communs avec le vieux sanglier qui s'octroyait des récréations sexuelles à certains moments de l'année pour rompre avec une solitude de mâle dominant.

Il accueillait parfois dans ce pavillon les épouses de ses acolytes, enrichissant cyniquement son tableau de chasse sexuel. Certains s'en doutaient mais toléraient cette largesse de cœur et n'en tenaient pas rigueur à leur cher maire. Vivre en bonne intelligence…

La veille de sa mort, Henri reprit du poil de la bête.

Il n'avait pas parlé de façon cohérente depuis plusieurs jours. Tout à coup, il était de retour. Les derniers mots du mourant sont attendus, espérés comme les premiers mots de l'enfant.

Ses fils attribuaient ce regain d'énergie à la mort imminente. Cette lucidité terminale indiquait qu'ils ne leur restaient plus longtemps à attendre avant l'enterrement. Et l'héritage ! Ils s'en accommodaient, ils n'avaient pas le choix mais il ne fallait pas exagérer…

Donc, avant de mettre un pied dans l'autre monde, Henri reprit ses esprits. Il exigea qu'on lui apporte un verre de vin. Il en but trois sans recracher ! Enfin, comme le condamné qu'il était, il demanda qu'on lui allume une dernière Gauloise Caporal qu'il fuma sans s'étouffer avec un plaisir non dissimulé !

Notre vieillard se sentait bien, si bien qu'il s'adressa au sanglier en face de lui avec la plus grande ironie. Sa voix forte interpellait l'animal comme s'il réglait ses derniers comptes avec un ennemi d'hier. En plus d'être à l'article de la mort, était-il devenu fou ?

– Tu as cru avoir ma peau, suidé de malheur ! Tu n'as pas eu le dernier mot mais la dernière balle ! dit-il avant de se fendre la pipe.

L'aîné de ses fils, déconcerté par cette scène surréaliste, prit la main de son père pour tenter de le calmer. Main que le vieux fou repoussa violemment. Après quoi il insulta le sanglier en le montrant du doigt et se mit à raconter les affaires qu'il avait eues avec lui. Avec détails et une certaine émotion dans la voix, avec quelques rires sarcastiques, le mourant en sursis évoqua, pour finir, cette dernière partie de chasse malheureuse pour l'un et l'autre, la partie de sa vie…

« *En Savoie sur nos routes de montagne, la nuit, il vaut mieux conduire doucement, car les sangliers ont colonisé l'obscurité et se permettent de couper les routes qu'empruntent les braves gens pressés de rentrer chez eux, de retrouver leur femme, après une soirée de travail ou de ripaille. Novembre, cœur de l'automne, c'est la saison des champignons, des morts et des accidents avec les sangliers.*

La première fois que j'ai vu cette bête de malheur, c'était en revenant de fêter le départ à la retraite de mon ami Louis. Quarante ans d'usine, ça use. Pour sûr qu'il en avait bavé. Fatigué, par tant d'années, son corps était lessivé. Il était temps qu'il parte et qu'il profite un peu.

Nous n'avions bu que quatre ou cinq bouteilles. Bien loin de nos records ! La voiture me ramenait au village, elle connaissait le chemin. Je roulais doucement quand, dans un des virages après le lieu-dit, le Pont de la Tour, avant Aime, un sanglier, qui devait comme moi rentrer chez lui, avança hélas trop lentement, ou moi trop vite, pour que je puisse l'éviter. C'était un endroit réputé pour être le passage d'un versant à l'autre de la vallée de toutes sortes de gibiers de grande taille, et pour les cochons évidemment. Des accidents y survenaient fréquemment, entraînant la mort de conducteurs ou passagers, le trépas de grosses bêtes.

Les freins de ma voiture neuve, une R8 juste sortie du garage la semaine précédente, dont j'étais fier, crissèrent avant l'impact. Mais ce fut trop tard. Mes réflexes ne suffirent pas à me préserver de la collision. Le choc violent et sourd secoua ma bagnole. Je réussis cependant à l'immobiliser juste au bord du fossé dans l'herbe mouillée. Je conserve le souvenir du couinement de la bête que je croyais écrasée sous l'essieu de ma malheureuse R8.

Plus inquiet pour ma voiture que pour cette satanée bête, je sortis examiner l'étendue des dégâts et je comptais déjà ce que l'imprudence de ce bougre d'animal allait coûter à mon portefeuille. Il n'était effectivement pas mort. Son corps trapu, amas de poils, semblait coincé sous le véhicule. Au niveau de son épaule, une large plaie laissait suinter du sang.

Je percevais aussi un filet rouge qui sortait de son groin en faisant des bulles dans un glougloutement sordide.

Il me regardait comme pour m'appeler à son secours. De ses petits yeux noirs, brillant comme des lucioles de plein été, coulaient des sortes de larmes, qui descendaient le long de sa hure. Ému, je décidais de reculer la voiture qui n'avait pour seul dommage qu'un pare-chocs à remboîter, pour le libérer un peu de son étreinte avant une mort promise, vu son état.

Une fois la manœuvre effectuée, je sortis tranquillement du véhicule.

Il était plus humain de l'abattre plutôt que de le laisser à la merci d'une autre auto qui ne pourrait pas l'éviter assurément en sortie de virage. En tant que chasseur, le coup de grâce m'aurait moins gêné que de le pousser dans le fossé, vu son poids, que j'estimais à près de cent cinquante kilos.

La boue étalée sur la chaussée me fit glisser. Me voilà étendu au sol, à même de me rendre compte que l'animal moribond avait disparu... Je contournais ma R8 avec une lampe de poche, je n'y trouvais rien. Je refis le tour trois ou quatre fois inspectant le dessous et les alentours, mais plus aucune trace de ce tête-à-tête nocturne.

L'intensité et l'émotion produites par la collision, et peut-être le volume de vin absorbé, eurent un effet sur ma vessie. Je décidais alors, avant de retourner au bercail où ma chère femme m'attendait, inquiète, de me soulager dans le fossé.

L'alcool m'avait aidé à évacuer mon énervement. Pourtant, mes jambes tremblaient et le déboutonnage de ma braguette fut un exercice compliqué. Je n'eus pas le temps d'assouvir totalement ce besoin si naturel car j'entendis grogner dans les taillis du bord de route. Surpris par la charge du mâle blessé, je réussis à sauter à la place du passager, le pantalon sur les chevilles. Un coup de portière instinctif repoussa son assaut. Il revint cogner de toutes parts la carrosserie et finit par se dresser sur ses pattes à ma vitre comme pour vérifier que j'étais là. Je voyais la puissance de son cou, de ses épaules et j'en imaginais l'effet sur mon bas-ventre. Ses défenses rayaient les vitres, sa bave écumante ruisselait. Indéniablement ses petits yeux ronds cherchaient mon regard. Les rôles étaient inversés et je demeurais une proie traquée, épargnée et protégée de sa fureur par une carrosserie fragile.

Ma main avait saisi la poignée intérieure verrouillée par mes doigts figés. J'eus le temps de remonter mon slip en entendant ses grognements de curiosité que j'assimilais presque à des rires moqueurs.

D'un coup, il recula. Quelques ultimes secousses bousculèrent l'habitacle. Agacé, il tourna les talons et s'en fut boitillant à petit trot.

Alors, ce fut l'accalmie. Le silence encore plus pesant remplaça les bruits des butées… Je me

RI-TON-73

demandais quel stratagème préparait mon agresseur pour m'atteindre et me tuer... La nuit ou l'alcool, ou les deux à la fois, eurent raison de mon anxiété, le sommeil m'envahit.

Aux premières lueurs du jour, je lâchais enfin la poignée, réveillé par un automobiliste ahuri de voir l'état de la chère R8. Rassuré par cette arrivée, je m'extirpais pour constater que toute la carrosserie était méthodiquement griffée, à certains endroits percés le long des bas de caisse. Lorsque j'évoquais l'attaque dont j'avais été victime, je relevais la signature de la bête sauvage : une épaisse touffe de poils collée sous le capot.

Impossible de rejoindre ma maison puisque les quatre pneus étaient cisaillés. Mon bon samaritain me ramena chez moi.

Ma femme à qui je contais l'histoire avec émotion et précision, me coupa sèchement dans mon exposé héroïque, me conseillant d'aller cuver mon vin ailleurs. Ce n'était pas le moment de la contredire. On en reparlerait demain. Peu convaincant, je dus subir ses sermons durant plusieurs jours, comme d'habitude. Durant tout l'été, les sangliers continuèrent de causer des dégâts incroyables dans les prairies, les champs de maïs et de patates et les jardins du canton.

Heureusement, septembre arriva, et avec lui l'ouverture de la chasse. Les sangliers osaient se montrer en plein jour, allant même jusqu'à nous narguer aux abords des villages, effrontément. Nous n'avions pas revu le cabosseur de voiture, sans doute était-il allé crever dans les taillis, dévoré par les renards, dépecé par les corbeaux…

L'automne pas encore éclos s'annonçait mal. Quelques tempêtes avaient mis au sol d'innombrables arbres. Les pluies diluviennes rendaient l'approche difficile tant les chemins étaient détrempés, les sous-bois inondés. Mais pas de quoi nous faire renoncer à notre fête annuelle, symbole de plaisir, de liberté aussi. Elle nous apportait cette communion avec la nature, cette fraternité virile et - nous ne le criions pas sur les toits- cette jouissance de tuer, de voir le sang s'écouler, de rire lorsque la belle bête culbutait dans sa course stoppée par une balle au cœur ou en pleine tête.

C'était un dimanche ordinaire. Louis et moi, nous nous étions retrouvés à notre repaire habituel, cette cabane mi-bistrot, mi-abattoir où il était commun d'établir le plan de notre partie de chasse et d'arroser le retour des carnages en toute discrétion et loin de nos femmes. Les fusils étaient chargés avec des cartouches chevrotines particulièrement puissantes. En pénétrant dans l'animal, elles explosaient les organes internes, détruisant ou immobilisant la cible qui entamait une longue agonie. Seul inconvénient majeur: tellement performantes, elles ressortaient et allaient terminer leur course souvent dans le tronc d'un arbre, plus rarement dans un promeneur ou dans un cycliste imprudent.

Devant moi, un paysage apocalyptique, presque sorti des ténèbres, conséquences de l'acharnement des tempêtes des semaines précédentes. Enchevêtrement de chablis à perte de vue, de branches meurtries dangereuses, de souches et de racines nues arrachées aux entrailles de la Terre et surtout plus un seul arbre debout. Si, un seul, au loin…

Je m'étais posté sur le tronc d'un chêne centenaire qui avait dû capituler devant l'intensité des vents. À une vingtaine de mètres, mon ami Louis se tenait à la croisée de deux chemins, prêt à canarder au moindre passage. Sacré Louis ! La battue était commencée depuis une bonne heure. Les bruits de la traque venaient vers nous. De plus en plus proches, les aboiements des chiens sanguinaires faisaient s'emballer nos cœurs. Indéniablement, le fugitif se rapprochait, sûrement un sanglier tant la clameur de la meute montait comme résonnait le chant de la mort promise.

Alors tout s'accéléra pour mon malheur…

Je reconnus, déboulant d'un fourré de hautes fougères, celui qui avait réduit ma R8 en épave. Même férocité, même détermination. Louis l'avait évidemment en joue, ajusta son tir mais son arme s'enraya. Trop tard ! Le monstre, attiré par le cliquetis stérile du fusil, chargea. Et voilà mon Louis essayant d'atteindre le seul arbre salvateur… Ses grosses fesses tirées par ses courtes jambes ne réussirent pas à gagner le refuge et les branches basses. Jugeant sa perte imminente, Louis se retourna, empoigna son arme

et frappa sa crosse sur la tête de son assaillant aux poils hérissés. Il se débattait désespérément tandis que ses défenses affûtées tranchaient les cuisses du pauvre homme condamné.

À l'instant où l'animal opérait une longue incision dans son ventre, mon brave copain redoubla de force et réussit à cogner le cochon sauvage en furie.

Je ne pouvais pas rester sans intervenir. Mais bien mal me prit de m'approcher à cet instant pour lui porter secours. Le fusil rebondissant sur le crâne du sanglier fou, le coup partit et foudroya la bête. Malencontreusement la balle finit sa trajectoire dans ma carcasse, me causant des dommages fatals et des souffrances indescriptibles. Se faire tirer dessus par son meilleur ami, ce n'est pas anodin. » finit-il de raconter son histoire en maudissant le trophée.

L'accident de chasse fit la une des journaux.

Quand les pompiers intervinrent au pied de l'arbre solitaire, trois corps inertes, presque côte à côte, se mêlaient aux feuilles mortes, les visages des deux hommes contre terre. Scène de crime parfaite où l'assassin, les quatre pattes en l'air, poitrail perforé, la gueule grande ouverte semblait savourer sa victoire sur l'homme.

Louis n'avait pas survécu. En peu de temps, il s'était vidé de son sang et de ses boyaux. Une belle mort dans un combat au corps à corps digne des plus belles luttes animales. Quant à Henri, il était en piteux état. La chevrotine avait eu sur lui des effets attendus sur le gros gibier. Les chirurgiens de l'hôpital de Chambéry ne purent par une quelconque magie effacer les dégradations irréversibles à l'intérieur de son corps. Il survécut durant une longue année de purgatoire, subissant de multiples opérations qui dégénéraient toujours en complication, ajoutant douleurs aux douleurs, regrets aux regrets.

Tous les jours, le curé passait pour le conjurer de se confesser afin de monter vers Dieu l'âme lavée de tous pêchés. Et il en avait à se faire pardonner... À chaque venue, la visite se terminait par des noms d'oiseaux. Mais cela ne décourageait pas l'homme d'Église bredouille et entêté qui revenait inlassablement.

Les chers amis de l'association de chasse locale vinrent au chevet d'Henri lui offrir, pour le consoler et lui remonter le moral, la tête embaumée du monstre. Cette attention le fit rire. Certes il mourut après le sanglier mais il mourut quand même.

À ses obsèques peu de monde, deux vieilles maîtresses reconnaissantes, quelques chasseurs et une femme soulagée !

Le temps du deuil et de la tristesse ne dura pas longtemps et chaque fois que la veuve regardait le trophée dans la salle à manger, elle souriait en signe de remerciement pour avoir écourté son mariage. Le sanglier tueur passerait à la postérité. Fruit d'un travail minutieux, presque artistique, sa tête traitée par les mains de l'empailleur hanterait pour longtemps les murs et les esprits.

Lorsque les médecins évacuèrent les corps meurtris des deux chasseurs, la dépouille de leur agresseur ne resta pas dans la forêt. À l'aide d'un long couteau de chasse qui aurait pu servir de rasoir, un rabatteur trancha d'un geste précis, presque chirurgical, le cou de la bête. Pendu à une branche du vieux chêne, le reste du corps encore fumant se détacha pour tomber au sol dans un bruit flasque entrecoupé de gargouillis sanguins, créant une mare rouge coordonnée au feuillage de saison.

Déposée avec précaution au fond d'une camionnette, on apporta la tête au taxidermiste. Grâce à ses connaissances rigoureuses de l'anatomie animale sauvage, il vida la tête de sa substance, ressuscita Sus Scrofa avec des fils de fer, de la mousse. Il n'oublia pas de poser sur sa gueule un maquillage digne des plus grandes vedettes de films fantastiques. Le voilà plus vrai que nature, plus féroce, sournoisement monstrueux, prêt pour des décennies d'épouvante encore.

La veuve rattrapa son retard de bonheur, profitant enfin des délices d'une vie de célibataire retrouvée durant de belles années.

Puis, comme chez tout le monde, la mort frappa à sa porte, laissant notre sanglier dans l'obscurité d'une maison aux volets clos. L'intérieur de la demeure du chasseur se détériorait sous l'action conjuguée de l'humidité et du temps. Les héritiers n'avaient plus la nostalgie des chasses d'antan. Au contraire, Henri leur avait transmis sans le savoir le dégoût de la bête traquée, martyrisée et assassinée. Alors logiquement, ils vendirent la propriété familiale sans regrets.

Rapidement, ils se débarrassèrent de tous les objets et vieilleries dont regorgeaient greniers, caves, buffets et placards. Et pour ne pas trop remuer les souvenirs qu'ils détestaient, l'aîné invita un brocanteur à vider les pièces une à une contre le versement d'une somme dérisoire par rapport à la valeur réelle de toutes ces choses.

Il s'agissait plus de tourner la page, d'oublier un passé cruel que les fils reniaient, de montrer au village que les liens de sang avaient des limites, se démarquer de l'image du père.

Le camion de l'antiquaire engloutit le mobilier, les affaires en bon état. Pour le reste, une benne fut remplie rapidement avec les effets personnels. C'étaient des objets qui semblaient à première vue banals. Des photos d'amis dans des cadres, des mariages, de splendides portraits qui allaient disparaître.

Toute une vie… Tri de toute une vie, sélection aléatoire, destruction incompréhensible dénuée de tous sentiments.

Par chance ou par hasard, le trophée se retrouva coincé, caché entre une table de chevet et une commode. Direction Albertville où le ramassage de notre antiquaire fut déchargé, référencé et estimé pour une vente au public dans un entrepôt immense. Cette caverne d'Ali Baba regorgeait de trésors hétéroclites. Des meubles, beaucoup de meubles… Des petits objets plus personnels du quotidien, des bijoux conservés dans des vitrines à l'abri des voleurs, des tableaux de peintres amateurs et quelques livres anciens. Ces portraits dans des cadres de bois vermoulus où les regards tendres de ces belles femmes, de ces enfants surpris, étaient protégés de la poussière et du temps derrière un verre parfois flou.

Pourquoi ces visages d'une époque pas si lointaine, souriants ou trop sérieux, s'étaient-ils retrouvés là ? Triste cheminement sans doute de la fin d'une vie, abandon et indifférence, manque d'intérêt et d'amour aussi porté à ces personnes qui dissimulaient avec pudeur toute une histoire, leurs blessures, leurs peines et peut-être quelques courtes joies.

Ces objets étaient remisés ici en attendant qu'un chineur mélancolique leur offre un sursis à l'oubli en les exposant à la lumière pour un nouveau voyage parmi les hommes.

Notre sanglier avait finalement trouvé sa place au mur en compagnie d'autres bêtes meurtries. À sa droite un splendide trophée de cerf à douze cors, à sa gauche une tête de chamois aux yeux vifs, au-dessus de lui un renard roux aux couleurs chatoyantes, en dessous un blaireau sortant ses dents qui avait l'air de s'ennuyer. Une ménagerie de la forêt réunie là, un peu empoussiérée, attendait qu'un acheteur vienne la libérer de cette prison, de cette solitude forcée.

La nuit, le gardien ne s'attardait pas dans le secteur. Inquiet, il en venait à se demander qui observait qui. De sa lampe torche, il envoyait des faisceaux de lumière vers les gueules dont les langues pendaient parfois. L'effet lumineux redonnait aux yeux de verre une troublante vie, un éclat surnaturel. Le brave vigile hâtait le pas, ne se retournait surtout pas. Jamais il ne fut poursuivi… Les animaux préféraient certainement converser entre eux, échafauder des plans d'évasion futurs.

Sus Scrofa patienta de longs mois avant de déserter les lieux.

Ce fut deux semaines avant Noël que son départ se précisa.

Un jeune gamin accompagné de sa mère était entré dans ce « troc » qui offrait à ses

680 €
LE TROC

visiteurs d'innombrables idées de cadeaux à petits prix. L'enfant avait une idée précise : il cherchait un trophée de chasse pour son grand-père. Celui-ci n'avait jamais, au grand jamais, réussi au cours de ces trente dernières années à abattre un sanglier. Il avait vidé des cartouchières entières de petits plombs, de balles sur des gibiers à plume et à poil. Était-ce eux qui se déplaçaient trop vite ? Était-ce lui qui avait toujours un temps de retard ? À croire que les bêtes avaient pris l'habitude de ne plus le craindre…

Par contre, les arbres portaient les cicatrices de ses approximations. Plusieurs chiens avaient rejoint le paradis canin car dans le doute, il tirait instinctivement. Rarement, il chassait accompagné. Sa réputation faisait le vide autour de lui. Alors, après plusieurs opérations de la hanche qui le handicapaient et le faisaient souffrir atrocement, le fusil avait été raccroché à un clou dans la descente de la cave. Il ne servirait plus à semer l'angoisse dans les environs. Tous avaient appris la nouvelle avec soulagement et n'appréhendaient plus l'ouverture de la chasse.

Son petit-fils avait du cœur (ou de la malice, ou un humour précoce).

C'était décidé : il offrirait à son pauvre Pépé la victoire cynégétique qu'il n'avait jamais réussi à obtenir. Le choix se porta immédiatement sur la tête de notre sanglier.

Au matin de Noël, dans ses charentaises fourrées, le vieil homme trouva la gueule du terrible animal. Évidemment, il fut heureux comme un enfant en pareille occasion. Elle fut fièrement suspendue dans la cuisine. Et lorsque des étrangers de passage, vacanciers ou commerciaux venaient boire l'apéritif, il contait des récits épiques de chasses extraordinaires pendant lesquelles le gros gibier n'avait eu qu'à bien se tenir. Il suffisait de lever les yeux vers le mur pour s'en convaincre.

Le sanglier stoïque écoutait les mensonges du vieux mais ne dirait rien.

MAGNUS DECENTIUS

Il y a des années où la terre « nourrit son homme », aux dires des anciens. Il en est d'autres où elle n'apporte que misère et famine. Quand on sait la caresser, la préparer, elle rend au centuple les attentions qu'on lui porte. Des fruits savoureux, des légumes délicieux de belle taille et parfois des secrets enfouis impatients d'exister à nouveau, de renaître pour d'autres folies.

Ce printemps-là, comme à chaque printemps, on s'activait à préparer les jardins pour les semis précoces. Le piétinement des animaux durant l'hiver avait tassé la terre de surface, les outils peinaient à la pénétrer. En quête de quelques légumes oubliés, cerfs sans gêne et chevreuils affamés défonçaient les plates-bandes de leurs sabots la nuit. Au petit matin, on imaginait sans peine, en constatant la multitude de pas qu'ils avaient dansé là, les carottes et poireaux dans leur gueule pour se réchauffer.

Bêche en main, les jardiniers retournaient le sol. La vie renaissait avec cette foule de lombrics qui se tortillait, dérangée dans leur milieu mais visiblement heureux de remonter des entrailles de la Terre à l'appel du soleil, à l'appel de la vie. Couche chaude, prometteuse de germination facile, de plantes nourricières dans les prochaines semaines. La terre se préparait. Rigoureusement, cailloux de toutes tailles, toujours aussi nombreux à chaque saison, étaient ramassés et extraits systématiquement du potager ne laissant qu'une terre plus accueillante encore pour les minuscules graines. Elles avaient déjà assez patienté dans leurs sachets hermétiques. Maintenant, les semences pouvaient espérer.

D'autres trouvailles réapparaissaient, venaient compléter les collections de boutons, de clous, de balles anciennes, de débris en tous genres issus de l'industrie humaine. Des os aussi, des bagues, des bijoux, des tessons de vaisselle complétaient l'inventaire. Comment tous ces objets avaient-ils pu arriver là ? Ce n'était pas un mystère. Pour amender la terre, on la nourrissait de déjections animales, de pourritures variées, de déchets humains. Ce bon fumier, ces déchets agricoles, regorgeant d'objets

de la vie quotidienne, perdus ou déposés par inadvertance, réapparaissaient en fragments à la surface.

C'était un bel après-midi. Le soleil chauffait le dos ankylosé des jardiniers appliqués. Les rayons posaient une lumière nouvelle sur les bêchées humides et foncées. Le jardinier en l'occurrence était une jardinière.

La saison hivernale s'était prolongée. La neige et le gel avaient joué les prolongations, repoussant d'autant les espoirs de cette femme amoureuse des plantes. Maintenant rien ne pouvait retenir son ardeur et son désir de faire revivre le lopin de terre clôturé de palines de bois. Les premiers escargots donnaient le départ de cette saison. Malins pour échapper au soleil, ils se cachaient dans les buis touffus après avoir dévoré au passage les premières fraises. Les graines, au fond des boîtes métalliques, sentaient l'heure du réveil promis dans ce sanctuaire gouverné de maître par la dame au tablier rouge décoré d'un chat noir, protégée des rayons brûlants du soleil par un large chapeau.

La préparation du sol débutait sous le chant des premiers merles surveillant les mouvements des vers de terre débusqués.

Petits cailloux prélevés du bout des doigts, jetés dans le petit seau. Soudain, le son singulier du métal contre la paroi de zinc, ô combien différent du cognement sourd minéral, alerta. Alors, les yeux se tournèrent, inspectèrent l'intrus. Et là, la main puisa la merveilleuse découverte venue du fond des temps par le hasard des saisons. Petite forme ronde, sale, surprenante, vite glissée dans un mouchoir au fond de la poche. À ne pas perdre pour ne pas regretter. Un bouton, une rondelle d'acier, une médaille ? Rien de tout cela. Une simple pièce de monnaie oxydée sur les bords. Une pièce ordinaire, minuscule, qui avait dû attirer l'oreille comme un appel, comme un soupir de soulagement après une éternité dans l'obscurité du sol fertile.

Dans l'évier de la cuisine, elle fut trempée dans de l'eau tiède et du savon de Marseille. Déjà l'eau savonneuse « décrassait » l'excès de terre. Une mince gangue minérale recouvrait le centre, cachant l'avers. Quelle effigie avait été gravée derrière ? Le revers semblait plus lisible : un grand « P » sautait aux yeux. À l'aide d'une vieille brosse à dents usée et d'un simple coton-tige, de ses doigts habiles, notre jardinière frotta les deux faces de la pièce. Doigts de fée, aux effets immédiats : l'avers et le revers subirent une métamorphose, retrouvèrent presque l'éclat du jour où la monnaie avait été frappée, où les poinçons avaient marqué les flancs vierges du métal. On devinait la face d'un personnage, et très nettement maintenant sur les bords des caractères alphabétiques, quelques autres signes étranges également.

L'anodine trouvaille se révélait être un petit trésor. Jamais pareille découverte n'avait excité de la sorte notre reine du jardin. Intéressée d'ordinaire par la réussite de ses plantations, par la production en fin de cycles de généreux et d'abondants légumes, curieuse aussi, elle analysait toujours les moindres trouvailles sorties de terre. Elle s'interrogea logiquement sur l'origine de ce léger bout de métal. Ce n'était pas une pièce moderne. Pourquoi était-elle arrivée là ? Qui était son propriétaire ? Était-ce le début d'un trésor ? Et se rappelant la fable de son enfance, suffisait-il de creuser, fouiller, bêcher pour mettre la main dessus ? Ah ! Si elle avait possédé un détecteur de métaux, elle en aurait eu le cœur net…

Quand on tient une belle chose, on n'aspire qu'à en tenir d'autres et de ne surtout pas perdre l'unique. Non pas par cupidité mais par jeu ou par amour. Une chasse au trésor bien naturelle, ancrée en soi depuis l'enfance.

Puis le temps passa. La petite pièce rejoignit la boîte à bijoux sous les piles de draps. Et les saisons s'enchaînèrent sans qu'une nouvelle bêchée rompe sa solitude.

Au village voisin, à Aime, plus bas dans le cœur de la vallée, une modeste librairie offrait aux passants, touristes et habitués, une multitude d'ouvrages sur la montagne et l'histoire locale. À l'entrée, à droite, un rayon spécifique était dédié aux découvertes archéologiques faites dans le canton.

Les livres se présentaient sous la forme de petits fascicules d'une trentaine de pages agrafées dans une couverture épaisse de carton brillant. Ainsi les amateurs de vieilles pierres, de fouilles et d'inventaires historiques cantonaux pouvaient se réjouir, s'instruire et s'approprier leur passé. Tout ceci était généralement richement documenté de photos incroyables et de croquis précis.

Un livret possédait une couverture qui attira immédiatement l'œil de la jardinière à la recherche d'un peu d'évasions et de rêves. Il présentait une série de pièces romaines assez lumineuses ayant une ressemblance évidente avec celle qui dormait dans son écrin.

On trouvait plutôt ce genre de publications dans les musées ou les librairies spécialisées. Le libraire était membre de la Société d'Histoire et d'Archéologie d'Aime, une société savante créée plus d'un demi-siècle auparavant. Alors, rien d'étonnant à ce qu'il s'employa à favoriser l'accès aux connaissances issues du travail acharné et passionné des membres de son association.

La jeune femme feuilleta le livret, découvrit des dizaines de pièces de la période romaine, toutes extraordinaires. Déçue cependant car son trésor n'était pas inventorié dans la trentaine de pages qu'elle retournait sans cesse comme si elle avait perdu quelque chose. Peut-être les avait-elle parcourues trop vite…

Elle l'acheta tout de même. Au moment du paiement, le libraire sentit son désappointement. Trop heureux d'avoir une cliente curieuse et captivée par l'histoire de cette bourgade paisible d'apparence, il essaya de connaître les raisons qui l'avaient conduite à ce choix. Le hasard allait changer le cours des choses, permettre d'en savoir plus scientifiquement et historiquement.

Avec détails, elle expliqua sa découverte. De bon conseil et gracieusement, l'historien amateur lui proposa de faire expertiser la pièce auprès d'un ami spécialiste des monnaies trouvées sur ces versants de Tarentaise. Ce serait l'affaire d'une semaine ou deux, elle lui fit confiance, lui déposa sa trouvaille dès le lendemain.

Trouver une pièce romaine échouée dans cette « province des Alpes Graies » depuis l'époque de l'empereur Auguste semblait une évidence. La petite ville d'Aime puisant son origine dans le nom du dieu romain, Aximus, protecteur des sources, devait conserver dans son sous-sol des centaines de pièces, de diverses périodes et de valeurs différentes.

Dix jours suivirent jusqu'à ce coup de téléphone annonçant les résultats de l'expertise. Voici brièvement les conclusions et le descriptif numismatique :

- **DÉCENCE Double maiorina**
  Exemplaire sur un petit flan ovale. Beau portrait à l'usure régulière. Joli revers. Faiblesse de frappe sur les légendes, en particulier au revers. Belle patine vert foncé légèrement granuleuse

- **Avers**
  Titulature avers : D N DECENTI-VS NOB CAES.
  Description avers : Buste tête nue, cuirassé de Décence à droite, vu de trois quarts en avant (B°).
  Traduction avers : « Dominus Noster Decentius Nobilissimus Cæsar » (Notre seigneur Décence très noble césar).

- **Revers**
  Titulature revers : SALVS D D NN AVG ET CAE// S|*// PLC.
  Description revers : Grand chrisme accosté de l'alpha et de l'oméga.
  Traduction revers : « Salus dominorum Nostrorum Augusti et Cæsari » (La santé de nos seigneurs Auguste et César).
  Poids lourd. Marque d'exergue floue. Cette double maiorina appartient à la

deuxième réduction pondérale intervenue au cours de l'année 353 qui vit passer la taille du 1/36 L. au 1/48 L. avant de finir en 1/72 L...
Historiquement, Décence avait reçu le titre de César par son frère Magnence en mars 351, il resta en Gaule pour défendre le limes rhénan contre l'invasion franque fomentée à l'instigation de Constance pour créer un second front. Battu, Décence s'enferma dans Sens où il se suicida le 18 août 353.

Les résultats montraient que le trésor n'était pas une perle rare. Mais bon ! C'était tout de même un curieux objet souvenir.

La surprise laissa place à une joie immense mais contenue. Un simple petit bonheur. La pièce identifiée pouvait rejoindre la boîte à bijoux, elle pourrait y couler des jours heureux en sécurité et magnifiquement entourée. Sa valeur pécuniaire semblait un détail au regard des doux sentiments qu'elle avait suggérés dans le cœur de sa découvreuse.

Pièce seule ou jetée... Pièce qui cachait une histoire si indissociable de celle des Hommes du monde romain. Mystère de la Terre où elle s'était cachée pour réapparaître un après-midi de printemps 2000. Parfois, quand elle retournait à son jardin, la jardinière nourrissait l'espoir de voir ses yeux pétiller à la vue presque magique d'une pièce jumelle... Cela survint. Mais ces pièces modernes demeuraient identifiables et reconnaissables car elles dataient de quelques décennies passées. Une pièce de 2 francs Francique en aluminium presque neuve avec deux rameaux de feuilles de chêne entourant la valeur faciale ainsi que la devise « Travail Famille Patrie » ramassée à la fin de l'hiver. Ombre d'un passé douloureux, d'une époque cruelle qui avait laissé tant de souffrances, de sang et de discordes dans le village.

C'était hier à l'échelle du temps. Peut-être qu'un jour...

Combien de fois s'interrogea-t-elle sur le pourquoi de l'arrivée de cette pièce près de sa maison. La question revenait souvent, la taquinait.

Certes, un chemin passait jadis en limite de sa propriété. Un chemin de liaison entre les hameaux qui s'allongeait à l'infini vers d'autres villages. Qui l'avait foulé un jour et avait égaré sans le savoir cet argent ? Qui ensuite avait eu des regrets ? Il était impossible d'assouvir cette curiosité. La résignation l'envahit naturellement car on ne remonte pas le temps d'un claquement de doigts.

Derrière la porte de l'armoire de la chambre, la pièce envoyait ses messages à travers les rêves réguliers que faisait la jardinière.

Chaque songe nocturne révélait son passé tourmenté, ses voyages de poche en poche. Ainsi, par ces balades oniriques, la jeune femme put retracer le parcours, 1650 ans plus tôt, qui conduisit son sou de cuivre près d'elle. Impatiente et incertaine, elle s'endormait dans l'espoir de reprendre le fil du rêve de la veille.

Pour son plus grand bonheur, cela se répéta durant de nombreuses nuits et de longs mois. Tout finit pendant cet ultime rêve où la pièce s'échappa du fond d'une poche trouée, tomba sur le sentier et s'enfonça dans la boue sous le poids du caliga d'un soldat romain de passage ou en opération.

Et tout commença sur une place près du Forum dans la petite cité de Darentasia, en Tarentaise. La bourgade se développait le long de l'Isère et de part et d'autre du pont. Au fil des inondations, des caprices de la rivière, la vie tenait bon et la société romaine s'épanouissait. Les conquêtes de l'Empire dans les Alpes avaient calmé les ardeurs des Ceutrons. L'autorité militaire romaine permettait un commerce florissant sur cette voie Milan-Vienne par le col du Petit-Saint-Bernard. Darentasia était un relais d'étape important. Un nouveau procurateur avait élu domicile près du pont à l'emplacement de l'actuelle cathédrale. Il dirigeait la cité de main de fer et avec néanmoins une habile diplomatie. Prudent, il entretenait des relations pacifiques avec les peuples autochtones afin que l'Empereur Constance II le gratifia.

En ce début du mois de juillet 350 après JC (Quintilis), une agitation emplissait les rues et plus particulièrement la grande place. Les larges voies pavées assuraient un déplacement rapide, sûr et stratégique d'une cohorte de marchands, de voyageurs, de faiseurs d'affaires plus ou moins douteuses et honnêtes. C'était le temps des ventes de biens agricoles, d'échanges de matériels et de denrées essentielles, c'était malheureusement le temps des marchés aux esclaves dans l'ensemble des provinces. Darentasia n'y faisait pas exception.

Les conquêtes de l'Empire s'essoufflaient mais certains réussissaient à trouver des filières pour assurer l'approvisionnement en captifs et captives de tous horizons géographiques. La Méditerranée était aux mains des pirates qui prospéraient. Les marchands d'esclaves exposaient dans des ports leurs produits humains en toute impunité, loin des tracasseries de la douane, des percepteurs et des contrôleurs.

Aubaine pour quelques centurions... C'était l'occasion à ne pas manquer pour multiplier leur fortune en cette période de troubles, argent facile très utile pour corrompre ou se protéger des aléas politiques fréquents.

Justus portait mal son nom. « Præfectus statorum », il commandait la police militaire et entretenait des relations perfides avec des intermédiaires spécialisés dans cette odieuse besogne qu'était la vente d'êtres humains. Appelés mangons, ils avaient mauvaise réputation. Ces maquignons inspiraient un dégoût profond, une peur aussi. Ces vulgaires trafiquants, souvent d'origine grecque ou orientale, achetaient leurs produits humains aux pirates, aux soldats victorieux désireux de se débarrasser de leur butin d'esclaves. D'ordinaire un citoyen qui osait entrer en relation avec ces marchands d'esclaves était conspué, méprisé. Justus ne s'embarrassait pas de ce détail. Il ne se sentait même pas hors la loi puisque la loi, il l'appliquait à sa manière. Cela faisait des jaloux, des envieux et engendrait des rancœurs tenaces, des soifs de vengeance terribles.

La force, le pouvoir dont il disposait suffisait à faire taire tous ses adversaires conscients des risques qu'ils encouraient à contredire ce militaire. Violent, il l'était. Machiavélique et d'une cruauté incroyable, on ne comptait plus les enlèvements, les disparitions inexpliquées, les assassinats dont il portait une évidente responsabilité. Le peuple se taisait tout comme son entourage proche, arrosé de milliers de sesterces.

Le marché permettait aux habitants de venir en ville de s'informer des dernières nouvelles, de conclure de bonnes affaires. Surveillé par une statue monumentale de Mercure, dieu de circonstance, dieu romain du commerce, dieu des voleurs, l'endroit grouillait. Bruyant mélange de vermines humaines corrompues, de pauvres gens, de femmes et d'enfants innocents aux mains de magouilleurs sans scrupule.

Juste avant le meridiem, l'animation montait en intensité : la vente des esclaves débutait. Cachés dans des chariots jusqu'au dernier moment ou dans des cages comme de vulgaires bêtes, pour obtenir l'effet de surprise escompté, les prisonniers étaient traînés au pied de l'estrade sur laquelle leur tortionnaire allait les exposer. Peu d'offres ce jour-là, à la grande déception des acheteurs. Deux enfants, trois femmes et cinq hommes attendaient au pied du podium. Le jeune garçon et la fillette de moins de 5 ans partirent vite dans la vente car nombreux étaient les couples romains en mal d'enfants. Nouveau destin pour ces deux-là qu'on avait enlevés de force à leurs parents, tués ou livrés aux mangons souvent lors de guerre à des milliers de kilomètres de la Tarentaise. Puis vint la présentation des hommes. Les associés de circonstance de Justus, tels des montreurs d'ours, leur demandèrent de se tourner pour bien montrer les parties de leur corps, de sauter et d'accomplir des gestes de gymnaste afin de prouver leur vaillance, leur force et leur souplesse. Avec faconde et non sans esprit, le mangon s'attachait à démontrer que l'esclave du jour donnerait toutes les satisfactions à son maître et que c'était une affaire à ne pas manquer.

« *Voyez quelle peau blanche ! Il est beau des pieds à la tête. C'est un valet précieux, il comprend un geste, d'un coup d'œil.* »

Le marchand se transformait en bonimenteur, c'est-à-dire en menteur, et, devant les badauds et la foule des acheteurs, il vantait sa marchandise humaine comme un représentant de commerce ou comme un camelot qui chercherait à « estamper » le client. Il ne se trompait guère. C'est vrai qu'ils avaient l'air forts, en bonne santé. Ils rempliraient à coup sûr leur rôle dans les villas alpines. Ils étaient beaux, ils étaient puissants mais leurs regards exprimaient une tristesse indicible. Rapidement ces prisonniers de guerre portant couronne trouvèrent acheteurs, à l'exception du plus grand, pourtant musclé mais qui présentait une plaque purulente sur la cuisse. La graisse enduite par le mangon ne suffit pas à dissimuler une gale bien avancée. Le regard de Justus lancé à son vendeur témoigna de son agacement. Ultime avertissement si la suite de la vente tournait mal…

Enfin, les trois femmes montèrent sur l'estrade. La vente « spectacle » se terminait en apothéose. C'était le clou de cette horrible séance. Ce butin féminin provenait d'une razzia inespérée dans une contrée voisine sur le territoire Helvète : femmes objets, marchandises de luxe proposées aux riches locaux, veufs ou célibataires.

Le procurateur était présent ce jour-là. Homme incorruptible jusqu'à présent, aimé et considéré comme impartial, il gérait le pays avec force et finesse. Mais sa main ne tremblait pas lorsqu'il fallait trancher en défaveur de ses compatriotes reconnus malhonnêtes. Tous le savaient, se méfiaient de ses décisions juridiques. Il avait déjà échappé à des attentats mais était très aimé par le peuple.

Exposées à l'impudicité publique, les deux premières femmes furent négociées à un bon prix et vendues selon le procédé des enchères. Elles étaient jeunes, en bonne santé et pourraient faire des enfants, devenir bonnes cuisinières ou même nourrices. La dernière vente fut celle d'une esclave portant à son cou un écriteau sur lequel était écrit un prénom : « Lunia ». Contrairement aux deux autres esclaves qui subirent des gestes répugnants et dont le vendeur avait permis aux futurs acheteurs d'examiner eux-mêmes la marchandise, de les toucher, de voir si leurs muscles étaient

fermes, de leur faire ouvrir la bouche pour regarder si les dents étaient saines, de scruter leurs yeux. Enfin bref, de les traiter comme du bétail. Nul enchérisseur ne voulut monter sur l'estrade vérifier « l'état » de cette beauté nue.

Le mangon, sous les ordres de Justus, avait fixé l'enchère à 5 000 sesterces. C'était une esclave de luxe.

« *Admirez cette élégance ! Elle est douce, danse comme Vénus, parle notre langue, chante et fera votre bonheur !* »

Évidemment qu'elle possédait toutes ces qualités… Lunia était une princesse helvète, instruite, donnée en rançon par son père pour que son peuple puisse être épargné. On lui avait promis mariage, on lui avait promis qu'elle reviendrait… Mais elle n'était qu'une esclave, belle, instruite mais esclave comme des milliers d'autres malheureuses.

Deux années auparavant, le procurateur avait perdu son épouse. Sans héritier, il ne désespérait pas de trouver une nouvelle femme. Rien ne pressait. Une bonne étoile viendrait éclairer son existence. Cupidon interviendrait, juste une question de temps.

Dans un silence inhabituel, les enchères montaient. La personnalité de Lunia, ses qualités esthétiques, morales et intellectuelles faisait d'elle une perle rare sur le marché de

Darentasia. Seuls quelques riches romains pourraient se permettre un tel caprice.

Au sourire affiché par Justus, on comprenait que la vente dépasserait toutes ses espérances. Il avait pensé dans un premier temps la garder pour lui seul mais sa soif inapaisable de sesterces était sans limites.

La somme de 22 000 sesterces criée par un patricien local devant l'estrade où Lunia avait revêtu une tunique de laine blanche décourageait l'assistance. Le mangon interpella une dernière fois la foule muette quand une voix grave mit un terme à la vente. « 24 000 ! Je la veux pour 24 000 sesterces ! Je la veux ! » Le procurateur debout était monté près de Lunia, lui prit la main. Le mangon jeta un coup d'œil en direction de Justus qui d'un signe du doigt indiqua à son complice son accord. De toute façon, c'était la volonté du chef à laquelle on ne s'oppose pas...

Lunia appartenait maintenant au procurateur. Jamais une somme pareille ne fut payée pour une telle esclave. Son maître s'exécuta et donna deux sacs de pièces nouvellement frappées au mangon. À l'écart de la place, dans une taverne recevant la fine fleur des canailles, Justus reçut son sac. Cinquante-cinquante ! Tel était l'arrangement décidé depuis des lustres. Le pacte des crapules !

Acquise par le procurateur, l'esclave Lunia n'était plus une chose mais devint une âme. Son humaine condition fut ainsi transformée un jour de marché pour son plus grand bonheur. Pas encore libre mais reconnue.

Très naturellement, presque familialement, la jolie femme partagea le quotidien et l'intimité de son maître. Rien d'étonnant d'ailleurs dans ce monde romain à ce que l'esclave devienne sa concubine. Beaucoup d'amour, de complicité unirent les deux amants.

Lunia conservait les souvenirs de sa détention comme une injure faite à ses origines, à son peuple. Elle demeurait marquée dans sa chair comme dans son cœur. Sa mémoire stupéfiante recelait les mauvais traitements infligés, les mots humiliants, les tortures psychologiques. D'une rare intelligence, Lunia nourrissait un besoin de vengeance envers l'être à l'origine de ses malheurs : Justus. Précisément, elle comprenait les pratiques scélérates du commandant de la police, craignait qu'un jour ses actes mettent en péril le pouvoir de celui qui l'avait sauvée. Alors, elle avoua et décrivit les impostures, les malversations de Justus au procurateur. Scènes détaillées, actes dont les preuves furent facilement révélées et étayées. Son bienfaiteur ne douta pas de ses accusations. Il s'agissait d'abord de mettre fin à la corruption locale comme dans tout l'Empire.

Rapidement le mangon fut arrêté et interrogé. Il ne tarda pas à parler, à détailler les rouages du commerce juteux des esclaves qui enrichissait les soi-disant garants des institutions. Sous la menace directe de la peine de mort, il finit par donner des noms. Celui de Justus apparaissait en haut de liste… Il fut arrêté sans ménagement la nuit suivante. Bien sûr, il ne s'y attendait pas mais n'osa résister face aux légionnaires de la garde rapprochée, expérimentée et puissante.

Ses agissements se traduisaient en droit romain en délits graves. Les chefs d'inculpation étaient sans ambiguïté. La justice militaire l'accusait de crimes politiques, d'atteinte à la dignité du peuple romain, de corruption ainsi que de malversations financières. Accusations extrêmement sérieuses car les peines encourues pouvaient aller jusqu'à la peine de mort. Il était rare d'y échapper.

Justus savait que sa vie était en jeu, que le procurateur irait jusqu'au bout par souci de justice. Et par amour… Pour laver l'affront fait à sa bien-aimée.

Le commandant de la police fut destitué de ses fonctions et placé en résidence surveillée dans sa demeure qui bordait l'Isère. La date de son procès était fixée à la Lune suivante, le temps de réunir les accusateurs, le jury militaire et le « judex quaestionis », magistrat spécialisé qui devait venir de Rome, chargé de la présidence de la Cour et de l'arbitrage des débats. Justus risquait dans le meilleur des cas l'exil, dans le pire des cas la mort par décapitation. Il en était conscient.

Le procès n'eut pas le temps de se tenir. Profitant de soutiens dans son ancienne police, Justus s'enfuit en empruntant une barque amarrée à sa villa qu'il laissa dériver sur l'Isère. Son dessein était clair : rejoindre au plus vite l'Italie et Rome où il pourrait en cette époque chaotique se réfugier près d'amis proches du pouvoir central, reprendre une carrière mafieuse. Bien entendu, son évasion se fit en compagnie de comparses mêlés aux trafics d'esclaves, du mangon. Ils risquaient tous leur tête dans cette sordide affaire. Dans l'obscurité la plus totale, l'embarcation s'échoua à un mille de Darentasia dans un méandre calme. Les hommes descendirent chargés comme des mules de sacs remplis de sesterces et d'or. Deux ou trois heures, c'était ce qu'il leur fallait pour rejoindre les balcons de Tarentaise.

D'abord atteindre les crêtes dominant Darentasia par la forêt, emprunter le chemin au ras des alpages le long des rochers. Suivre les sentiers de contrebande, aller de vallon en vallon discrètement en apeurant juste les bêtes sauvages, sans se faire attaquer dans leur dérangement.

Au-dessus d'Axima, devaient les attendre des chevaux qui leur permettraient d'atteindre Alpis Graia, point de passage facile pour leur échappée salvatrice reliant rapidement la vallée du Rhône au nord de l'Italie.

Le rendez-vous fut honoré. Au lieu-dit « Granarium », des mercenaires tenant à la bride de frais équidés leur firent signe à l'aide d'une lanterne. S'ils arrivaient à Bergentrum avant le milieu de la nuit, l'affaire serait gagnée.

Elle ne le fut pas…

Justus commit l'erreur fatale, l'erreur qui lui coûta la vie. Mauvais jugement sans doute, aveuglement… Prévenir la trahison, débusquer le faux ami, le traître avant qu'il ne passe à l'acte est une entreprise aussi délicate que de trouver une pièce dans un jardin…

À l'arrière du groupe, marchant à la queue leu leu comme des bêtes traquées, le mangon laissait de plus en plus de distance avec Justus. Tout était en place, tout était organisé. Le romain fugitif excellait dans la cruauté, dans la méfiance. Il périt dans la naïveté… Naïveté de croire qu'il était le seul à être grisé par l'argent. Il ne fallut que quelques secondes pour se débarrasser du chef des voleurs. Deux coups de glaive portés dans le dos, technique des lâches combien de fois utilisée par la victime elle-même pour liquider ses opposants. Justus s'effondra face contre terre avant de recevoir le coup de grâce précis au cœur, l'envoyant rejoindre Pluton. Il n'eut pas le temps de se protéger, de réagir, de s'échapper. Et puis d'autres purent prêter main-forte au vendeur d'esclaves...

Son corps fut rapidement cerné, de peur qu'il se relève dans un sursaut de haine. Dagues prêtes à s'enfoncer dans l'infâme militaire. La dépouille ne bougea pas, seul son sang se répandit sur le chemin comme celui d'un cerf traqué égorgé en fin de chasse avant la curée. La machination avait fonctionné. Silence autour du cadavre. Sur ce corps affaissé, les conjurés pestèrent et rirent du plaisir en voyant cet homme réduit à néant, cet homme qui les avait tant terrorisés. Comme Jules César, quatre siècles plus tôt, Justus périssait sous les coups ce ceux qu'il avait enrichis.

Mais il fallait faire vite. Ne pas laisser le cadavre sur le chemin et ne pas alerter les paysans voisins car dès l'aube venue, le procurateur mettrait ses fins limiers à leur trousse. En filant sur les adrets de Tarentaise, les fuyards évitaient la voie romaine le long de l'Isère, se donnaient une chance supplémentaire de franchir le col libérateur.

Trop lourd, trop encombrant pour être traîné, le corps fut démembré, mis dans des sacs attachés à leur monture. Parvenus à l'Ormente, le torrent furieux, grossi par la fonte des neiges, les morceaux y furent jetés sous le pont romain enjambant le cours d'eau. Séance extravagante et macabre durant laquelle les compères jouaient à lancer le plus loin possible dans les eaux bouillonnantes les restes humains. La tête de Justus se coinça au creux d'un remous, plongea, remonta plusieurs fois… Regards terribles avant de finir par s'en aller au gré du courant dans la vallée, nourrir les poissons de l'Isère.

Le mangon réussit son échappée. Deux jours plus tard, il rejoignit Augusta Praetoria pour y reprendre son métier de vendeur d'esclaves, les poches pleines des sesterces provenant de la bourse de Justus et enrichi par le butin subtilisé lors de son assassinat.

Avant la fin de l'été, Lunia fut affranchie par le procurateur. Elle lui donna le fils qu'il attendait tant. Elle ne revit jamais les monts et les glaciers de l'Helvétie.

À l'emplacement de cet ancien chemin où éclosent les roses et poussent des légumes aux saveurs extraordinaires, dans la terre amendée par le sang des criminels, d'autres pièces sommeillent, attendant juste le coup de bêche qui illuminera à nouveau le visage de la jardinière.

Ce n'est qu'une question de temps.

Il faudra juste un nouveau coup d'œil, un coup de chance pour que la magie opère, pour que ses nuits s'emballent…

LA CAGE

C'était l'année dernière à la même époque.

Les premiers beaux jours arrivaient enfin, faisant oublier la lenteur des jours de neige où rien ne bouge. La terre s'éveillait au son des couples d'oiseaux, heureux de fêter le temps des amours. L'hiver avait été fort dur et d'une longueur infinie. Ce besoin d'épanouissement, de renouveau, semblait partagé par les hommes et toute la faune environnante. Revivre simplement et profiter enfin. Plus besoin de se terrer et d'attendre, plus besoin d'endurer le gel et le blanc qui paralyse, qui fait mourir parfois.

Allées et venues des mésanges charbonnières agitées qui confectionnaient des nids de mousse et de brindilles où naîtraient bientôt les oisillons convoités par les terribles chats sans scrupule. Les boules de graisse accrochées, les nichoirs installés à l'abri du vent et de la pluie d'ouest les attiraient. Inconscientes effrontées venant voler les croquettes des matous assoupis désintéressés dans leur panier de laine, allongés au soleil et n'ouvrant qu'un œil à peine. C'était promis, les félins paresseux joueraient demain. Ils essayeraient de les attraper au vol, mangeraient le nécessaire et laisseraient leurs somptueuses dépouilles jaunes duveteuses démembrées devant la porte d'entrée.

D'ailleurs, la mésange, oiseau de paradis, n'avait rien à envier aux chats. Et voilà que, dans certaines zones, le froid est si important que les graines ne suffisent plus à sustenter les mésanges. En réalité, cette mignonne bête, vraiment belle à croquer dans tous les sens du terme (tout dépend de l'admirateur), est en fait une tueuse en série qui a une grosse préférence pour le cerveau de ses victimes. Leur forfait accompli, elle va pouvoir se repaître de cet organe tendre et riche en énergie. Une machine à tuer, aussi impitoyable et redoutable que ses ancêtres dinosaures.

Les animaux à plumes et à poils sont décidément d'horribles assassins. L'homme en fait partie évidemment… Nous y reviendrons !

Les animaux sont comme les hommes : ils ont la réputation qu'on leur donne. Si facile et sans doute tellement irraisonnable,

cette manie qui quelquefois peut être lourde de conséquence.

Mais heureusement, il y a dans les espèces humaines et animales des exceptions. Méchant on te nomme, gentil tu demeures. Nuisible on t'affuble, utile tu es.

Ainsi depuis deux ans, une renarde avait pris l'habitude de venir rôder le long de mes fenêtres en quête de nourriture facile. Elle était belle. Une magnifique renarde, une femelle vite reconnaissable à ses mamelles apparentes en cette fin mars. Fourrure bien touffue en hiver, longue et lustrée. Le dessous de ses pattes (ses fameuses « chaussettes ») d'un brun foncé, presque noir, tout comme l'arrière de ses grandes oreilles pointues, lui donnaient une prestance aristocratique. Je la reconnaissais à son museau allongé qui touchait la vitre de la fenêtre de ma cuisine, quand sans-gêne, elle n'hésitait pas à détailler nos faits et gestes. Presque comme pour deviner la viande qui mijotait dans la cocotte. Queue en panache, majestueuse bête en mal de conversation.

Habituée à faire sa tournée dans le village, elle avait choisi deux maisons distantes de quelques centaines de mètres pour faire son marché alimentaire. Lieux choisis car dépourvus de chien, d'enfants bruyants mais où les chats possédaient des gamelles de nourriture à profusion et des casseroles d'eau quotidiennement renouvelée. Félins qui ne la gênaient nullement, sorte de pacte pacifique, une cohabitation intéressante et amusante à regarder.

Les humains ne l'apeuraient pas. Prudente toutefois, elle flânait à la tombée de la nuit ou juste avant le lever du jour. Cependant, il lui arrivait parfois de dérober la nourriture des chats en milieu de journée, signe que ses renardeaux étaient affamés. Pas question de voler, il s'agissait simplement d'un partage opportuniste des ressources pour sauver sa petite famille qui attendait, obéissante, dans le terrier.

Histoire d'une amitié improbable entre les hommes et un animal sauvage. Alors, on se prête au jeu, naturellement. Hors de question de l'apprivoiser. Juste mettre de côté les restes de repas pour elle, pour qu'elle se souvienne qu'on lui veut du bien. Gestes spontanés qui n'étaient pas sans risque. Le renard est un animal sauvage, il n'a pas besoin qu'on l'aide. Il pourrait s'habituer encore plus à l'homme et risquerait de perdre sa crainte naturelle. Car tous les hommes ne le voient pas du même œil et avec le même cœur.

« *On ne voit bien qu'avec le cœur…* » mais encore faut-il en posséder un.

Le renard ? On ne le nomme plus « nuisible », désormais il est joliment appelé « Espèce susceptible d'occasionner des dégâts ». Il était donc « susceptible » à mes yeux, susceptible… Et je ne vois en lui que des qualités, que de bons côtés. Le renard rend de grands services aux agriculteurs, il peut consommer jusqu'à 10 000 campagnols par an. Il nettoie les charognes et régule la faune en éliminant les individus malades ou inadaptés.

La renarde de mon quartier était utile, j'en étais intimement persuadé. Étais-je inconscient au point d'essayer de m'en faire une amie ? Et si cela se retournait contre elle ? J'étais averti des risques qu'elle encourait mais naïvement, je sous-estimais la cruauté humaine.

Son repaire se situait dans une zone boisée en contrebas de mon chalet. Je l'avais découverte à force d'observer ses va-et-vient. Curieux, je l'avais suivie, et avec entêtement, j'avais trouvé sa cachette. Il suffisait de prendre ses coulées dans l'herbe fraîche. Elles menaient vers un talus contre lequel un énorme chêne s'était couché lors des hivers derniers, plié par la neige, poussé par la tempête. Sous ce monstre végétal, je distinguais des excréments, pelotes allongées, des empreintes bien distinctes dans la terre et surtout des plumes ! Pas de doute : la renarde vivait ici. Elle n'était pas trop regardante sur la propreté des alentours de son abri.

Évidemment elle ne m'y attendait pas. En tendant l'oreille à la gueule de son terrier, j'entendis de légers couinements, preuve que

les petits s'impatientaient... Peut-être d'ailleurs que leur mère me regardait à une distance convenable, attendait mon départ pour les rejoindre. Prudent, je ne m'éternisais pas, je ne souhaitais pas troubler leur vie, surtout en cette période si cruciale.

Ses visites étaient fréquentes, quasi-quotidiennes. Quand elle ne venait pas, je m'inquiétais, j'imaginais le pire. Puis quand je voyais ses oreilles pointer aux carreaux ou devant ma porte, j'étais rassuré. L'amie qui ne vient pas, l'amie qui a eu un accident, tant d'inquiétudes vite dissipées à la vue de cette boule rousse qui semblait sourire en dodelinant de la tête. Des attentes longues, des retrouvailles éphémères jamais à la même heure. La renarde maîtrisait le temps. Et lorsque ses petits acquirent l'autonomie, partirent vivre seuls un avenir si dangereux, elle s'accordait de véritables pauses. Un peu de solitude avant le temps des nouvelles amours, l'année prochaine en plein hiver.

Je la reconnaissais aux cris poussés sous mes fenêtres. Nuits où je sortais vite de sous mes couvertures pour la voir en compagnie de plusieurs galants courir, rouler, fuir sur la neige gelée étincelante sous les rayons de lune complices de leurs retrouvailles. Des glapissements de tonalités différentes. Dans le calme de l'hiver, les sons portaient loin, ce qui permettait aux renards amoureux de se faire très bien entendre. Lorsqu'enfin une rencontre survenait, les glapissements instaurant le contact redoublaient… Les cris stridents, sinistres et plutôt glaçants déchirant la nuit, inquiétaient les petits enfants cachés sous la couette. Renards et renardes étaient des tourtereaux bruyants.

La renarde en chaleur hurlait dans la nuit et les mâles lui répondaient par trois aboiements courts. Des « Waf ! Waf ! Waf ! » qui me soulignaient la lutte en cours pour la vie.

Pas question d'hiberner pour le renard : il était temps de se mettre en quête d'un partenaire pour passer l'hiver à deux !

Et du haut de mon balcon, sur la blancheur immaculée du petit plateau où essayaient de survivre quelques pommiers âgés, des points noirs menaient des poursuites indécises. Culbutes incessantes, mâles sur deux pattes se boxant et se mordant, blessures rares. Le sang des perdants marquait leur défaite.

L'année passée, de ces amours hivernaux naquirent plusieurs boules de poils rousses. Le long des routes, trois sur quatre, trop imprudents, finirent malheureusement leur vagabondage écrasés sous les roues des voitures pressées. Tel était souvent le triste destin des enfants de ma renarde. Leur vie éphémère s'envolait après seulement quelques mois d'apprentissage, quelques courses folles dans les herbes des prairies fleuries. L'éducation de leur mère n'avait pas suffi.

La renarde de mon quartier avait échappé à tous ces pièges. Elle avait acquis une certaine expérience qui lui avait permis d'éviter les multiples dangers grâce à des sens très affûtés, qui lui servaient aussi pour chasser efficacement.

Les sons sortant de sa gueule pointue, selon qu'elle chassait, qu'elle entrait dans les jeux de séduction, qu'elle souffrait peut-être, questionnaient et m'interpellaient.

Le sevrage de ses rejetons l'autorisait à être plus présente, lui offrait des jeux variés d'une grande imagination, des entretiens de jour en jour plus complices.

Joueuse, elle faisait des « bêtises » : emportait les chaussures laissées sur le paillasson, les gamelles des chats que je retrouvaisdansleschampsenvironnants.Lessacs-poubelles éventrés, éparpillés sur des mètres et des mètres, témoignaient de sa folie nocturne. Je lui pardonnais volontiers ses polissonneries. Je n'avais qu'à ranger mes souliers, emporter mes déchets au container. Simples gestes de précautions. Anticiper ses actes sans gravité aucune.

Les soirs d'été apportaient leur lot de plaisir et de rencontres nouvelles. La renarde, sans doute soulagée par la liberté que lui laissaient ses renardeaux, s'approchait de la table de la terrasse où nous prenions nos repas. Patiente, on la voyait doucement venir vers nous. Elle s'asseyait à une distance respectable tandis que le chat choqué gonflait sa queue et les poils de son dos, montrant ainsi son exaspération et sa jalousie. Cela durait presque un quart d'heure, qui pour moi représentait une éternité d'amour. Le temps de lui jeter un os de côtelette, deux ou trois morceaux de saucisses. Et puis voilà, elle tournait les talons, narguait le matou dépité par l'arrogance du goupil. Il n'y avait plus rien à faire. Émerveillé, je riais de son effronterie sans me douter que ce serait son dernier été.

Pourtant expérimentée et aguerrie aux manœuvres des hommes, elle commit une étourderie funeste.

Vint le temps des imprudences, des premières incursions dans les poulaillers. Vint le temps des adieux et de la cruauté. Des razzias opérées de nuit de préférence. Tandis que les hommes rêvaient, les volailles tentaient d'échapper aux crocs mortels sautant de perchoir en perchoir. Jamais en plein jour où elle était bien trop occupée à muloter. Massacres et véritables carnages qui indignaient les éleveurs enragés. Dix poules dévorées et emportées ! Pas vraiment une surprise puisqu'il fallait bien se nourrir, trouver la nourriture là où elle est.

Attaque de clapiers également, dont les portes grillagées, fermées par un loquet, avaient diaboliquement été ouvertes. Quelques touffes de poils, des poignées de plumes témoignaient de la violence et de la rapidité des attaques. Mais tous les corps avaient été emportés…

Était-ce ma renarde la seule responsable ? Devait-on lui imputer tous ces meurtres ?

En une nuit, deux poulaillers dans le même quartier avaient été visités. Les terriers abondaient dans les sous-bois. La concurrence était rude parmi le peuple des goupils. De là à l'accuser de toute cette sauvagerie… Pourtant ses visites continuèrent et il m'était bien difficile de lire dans ses yeux la moindre culpabilité, la moindre bestialité.

En prévision de la fête de Noël, de jeunes dindes complétaient le nombre de volailles destinées aux réjouissances près du sapin. Quelques mois suffisaient à les engraisser avant qu'elles ne viennent agrémenter les tables des réveillons pour le plus grand plaisir des invités. Cuisses dorées, ventre farci qui satisferaient la gourmandise de toute la famille en ce jour de Nativité. Ces dindes étaient choyées, comptées et recomptées chaque soir avant la rentrée au bercail. Impensable d'en perdre une !

Mon voisin, grand défenseur de la cause animale, fervent écologiste, en collectionnait six au total qu'il parquait dès l'aurore dans un enclos sécurisé, herbeux à souhait, assez vaste pour qu'il les voie gambader et se raffermir les cuisses promises, jour après jour. Le compte à rebours était lancé.

Il n'avait pas lésiné sur les protections : grillages de deux mètres enfouis à cinquante centimètres dans le sol, volière complète interdisant toute piquée d'un opportuniste autour des palombes téméraires. Et pour parachever le bastion, une clôture électrique était déroulée sur trois rangées. Les condamnées étaient en sûreté.

Véritable citadelle imprenable, le parc des gallinacés protégeait ses locataires provisoires en attente d'échafaud. Ils pouvaient s'empâter en toute insouciance.

Mon cher voisin s'enorgueillissait de son installation agricole à tel point qu'il la faisait visiter aux autres éleveurs amateurs. Il avait pensé à tout, au moindre détail. Les visiteurs nocturnes en seraient pour leurs frais. Tout homme a le droit d'être vaniteux…

Les six dindes grossissaient de jour en jour, se métamorphosaient magnifiquement, ignorant la tragédie des fêtes de fin d'année qui se profilait. Le drame n'attendit pas le mois de décembre… Ce fut au réveil que mon voisin vit ses rêves gastronomiques s'envoler et son véritable caractère s'exprimer au grand jour.

Tous les animaux avaient disparu. Même le vieux coq ! Uniques restes d'une bataille sanglante : une vingtaine de rémiges tachetait le gazon de l'enclos. Stupéfaction, incompréhension dans un premier temps puis colère s'enchaînèrent. Le portail était resté ouvert. Comment était-ce possible ? Un voleur à deux pattes n'aurait pas laissé de plumes puisque les volatiles auraient été dérobées sur leur perchoir.

Le renard ! Le renard, encore lui, avait osé s'en prendre aux oiseaux de Noël. Peu importe le procédé employé, Goupil avait réussi à pénétrer l'impénétrable poulailler. L'abominable bête rousse portait bien sa réputation de filou. Une fois encore, sa fourberie se confirmait.

Le coupable était tout trouvé même si le doute planait : un oubli éventuel la veille, une mauvaise manœuvre dans l'obscurité lors de la fermeture du portillon… Assurément le voisin n'avait pas commis cette bévue. Catégorique face au regard inquisiteur de sa chère femme, totalement anéanti, il vociférait dans un accès de colère masculine des promesses de vengeance. Si faible en ces circonstances, il essayait en vain de calmer la fureur et le délire de sa mégère de compagne lui demandant des comptes.

La catastrophe n'avait pas pu être évitée, il en portait seul la responsabilité. De toute

évidence, la place forte avait des failles, il devait en payer le prix fort.

Le petit homme atteint dans sa virilité eut des gestes et des mots d'une rare violence devant ses deux enfants, surpris de voir leur père métamorphosé, alors qu'il était d'ordinaire calme, malmené et soumis à sa femme. Il trouverait le coupable, l'exterminerait. Les dindes seraient vengées, son honneur retrouvé. Et tout cela sans se soucier de savoir si une simple erreur humaine put être la cause de cette tuerie...

Des consignes précises furent vite données aux nombreux chasseurs du village et des environs. Ils aideraient mon voisin à châtier l'éternel voleur de poules. Plusieurs renards tombèrent sous leurs balles. Et il n'était pas rare d'entendre en pleine nuit des coups de fusil.

Ces détonations claquaient sous mes fenêtres. J'angoissais pour ma renarde et surtout pour ses renardeaux survivants inexpérimentés. L'acte d'une mère avait certainement fait basculer sa progéniture vers le néant. Car c'était bien elle la croqueuse de dindes !

En me promenant aux abords de son terrier, je vis d'innombrables plumes tapisser le sol et le dessous des arbres, seuls restes des festins passés. La faim avait fait sortir la bête du bois.

Gourmande comme les convives de Noël, la renarde avait naturellement rendu visite aux dindes. Mais n'ayant pas le pouvoir d'ouvrir le cadenas posé à l'entrée du poulailler, elle s'était introduite facilement pour saisir une à une les volailles offertes. Sa ruse légendaire était d'ailleurs bien exagérée, car il n'y avait à vrai dire nul mérite à « pousser des portes ouvertes ». Qui avait eu cette négligence ? Qui s'en vanterait ? Personne, cela s'entendait.

L'extermination des renards se poursuivait : pose de collets, d'appâts empoisonnés, déterrage de certains terriers vides pour l'époque… Toute une liste de tueries cruelles, infâmes et inutiles.

Les autorités locales passives donnaient leur bénédiction à cette chasse d'un autre âge et interdite par la loi. Pressé par son électorat traditionnel, le maire avait même autorisé les battues car des renards auraient été vus dans les ruelles près de l'école. « Des parents d'élèves étaient inquiets et m'ont appelé », se justifiait-il. Certains agriculteurs avaient même fait appel aux lieutenants de louveterie afin d'organiser des battues. « Malgré les prélèvements effectués pendant la période de chasse, la population vulpine restait sur une forte dynamique et les dégâts dans les poulaillers étaient conséquents. Le bon sens m'oblige à agir », déclarait le président de la société de chasse.

Nous étions revenus 30 ans en arrière, temps où les queues de renards se monnayaient contre des primes importantes. Une prime au mérite pour qui massacrerait le plus de renards.

Malgré tous ces efforts meurtriers, des éclairs orangés se faufilaient toujours sous les haies, se fondaient dans la végétation. Silhouettes empanachées trottinant le long des chemins, apparitions spectrales traversant la route à la nuit tombée. Et que dire des yeux brillants surpris par le cône lumineux des phares des voitures des chasseurs rentrant bredouilles de leur traque…

Chaque fois que j'apercevais la renarde à notre rendez-vous, je profitais de cette occasion supplémentaire, de cette sorte d'amitié que la Nature m'offrait. Apprécier l'instant présent, les regards échangés. Ces mots sans parole enrichissaient notre complicité. Je crois que nous étions heureux et ce langage nous suffisait. Quand le rite finissait, qu'elle m'abandonnait, peut-être pour aller prélever une volaille ou deux, je ressentais de plus en plus un sentiment d'impuissance dans ce climat de violence. Je ne l'avais pas apprivoisée mais elle était unique au monde. Et si demain, elle revenait, le bonheur renaîtrait simplement.

Les pillages continuaient. Des mesures complémentaires furent prises : clôture électrifiée puissante, chiens attachés devant les poulaillers, rondes nocturnes fusil en main à tour de rôle. Sur la place du village, la rogne montait.

« À 2 kilomètres de chez moi, une de mes voisines a perdu dix-neuf poulets prêts à tuer, cinq poules, et un coquelet, en trois attaques, malgré un haut grillage. Dans le bourg d'à côté, une autre personne a perdu sept poules. Puis, c'était cinq poules et deux oies. Chez mon grand-père, quatre poules et un coq en deux attaques. Moi, j'ai dû le faire fuir pour qu'il ne s'attaque pas à mon poulailler. C'était en plein jour… Elle m'aurait mordu, la sale bête ! Et ça, ce n'est que les gens que je connais, juste dans la quinzaine, et toujours dans des enclos grillagés. Les volailles n'étaient pas en liberté », insista l'homme énervé.

« C'est la même chose tous les ans à cette période, les mères cherchent de la nourriture pour leurs jeunes et les attaques de poulaillers sont de plus en plus fréquentes. Et on ne peut rien faire… », soupirait-il.

Insensible à tout ce remue-ménage, ma renarde ne manquait pas notre entrevue habituelle. Heureusement pour elle, une haute haie touffue faisait un rideau la cachant des coups d'œil indiscrets. Comme je lui offrais chaque fois quelques restes de repas, certains esprits tourmentés m'auraient vite fait complice de ses maraudages. Jamais je ne l'avais touchée, jamais je ne la caresserais. Elle savait garder ses distances, les garderait pour l'éternité.

Septembre arriva. Les premières gelées, les feuilles rousses pareilles à ma renarde. L'été finissait comme se termine une belle histoire.

Elle ne venait plus. J'avais beau écouter les moindres bruits, ce n'étaient que les branches mortes qui s'abattaient sous les rafales monotones. Les derniers beaux jours avant le deuil de la nature, avant un autre deuil.

Et les instants exquis, mélancoliques, de ces longues minutes de rencontres envolées, remontaient en moi. Les voix muettes s'étaient tues. Reviendraient-elles au prochain printemps ? Qu'était-elle devenue ?

Morte sous les balles… Partie vers un autre territoire car son mâle avait succombé… Écrasée, prise au piège…

Après tout, la vie suivait son cours. Je devais me résoudre à accepter de remiser cette extraordinaire expérience, cette occasion unique dans le tiroir de mes plus beaux souvenirs.

Peut-être que je ne l'intéressais plus, peut-être avait-elle trouvé ailleurs un accueil plus chaleureux, d'autres chats à embêter…

J'avais connu ce que d'autres ne connaîtraient que rarement. Une telle rencontre marque une vie. Nous nous étions croisés, sentis et appréciés. C'était déjà ça.

Il fallait s'assurer que son repaire était encore fréquenté. Malheureusement, le terrier

semblait abandonné. Des feuilles recouvraient les abords. Le gros chêne avait disparu, tronçonné, emporté comme mes rêves de la revoir.

Les hommes l'avaient dérangée, elle était partie, voilà tout. Cette idée me calma, dissipa mes inquiétudes.

Les poulaillers avaient retrouvé une certaine tranquillité puisque les attaques avaient cessé. Mon voisin affichait un sourire prétentieux. Il pouvait être satisfait puisqu'il était extrêmement rare de croiser un goupil maintenant. La plupart avaient été décimés. Déterminé, il avait racheté de nouvelles dindes qui grossissaient dans un parc dont le verrou était vérifié chaque soir.

Je songeais que bientôt l'hiver reviendrait, que les danses endiablées reprendraient sous mon balcon. Les glapissements instaurant le contact entre renards redoubleraient. Les luttes, les parades nuptiales recommenceraient, signe que la nature n'aime pas le vide et sait souvent réparer les erreurs humaines, les injustices.

J'espérais revoir mon amie...

Pourtant les choses ne se réalisent pas toujours comme on l'imagine. Et nos rêves parfois meurent dans les cauchemars avoués... Mes attentes de retrouver ma renarde furent vaines. Jamais elle ne revint m'apporter ses sourires. Je conservais son souvenir, c'était déjà beaucoup. Je saurais m'en satisfaire. Que faire d'autre…

Le temps de la vérité arriva finalement. J'aurais préféré ne pas savoir.

Je me rappelle. J'étais en classe devant le tableau pour dispenser une leçon de « découverte du monde » dont le thème était la faune sauvage. Par nostalgie, sans doute, j'avais choisi le renard comme animal pour notre étude.

Carte d'identité, schéma du terrier légendé, textes scientifiques illustraient mon cours. Les enfants étaient conquis. Cet animal hante leur esprit puisqu'ils retrouvent en lui un peu de leur malice, un peu de liberté aussi et d'évasion. Évidemment on parla du voleur de poules. Certains élèves voyaient en lui l'animal magique, intelligent. D'autres évoquaient une bête nuisible dont ils avaient peur. Les discours dans les familles avaient eu le résultat escompté. Deux clans scindaient la classe: les défenseurs et les détracteurs de goupil. Les paroles des parents dépassent parfois les règles rigoureuses des études scientifiques et sèment inconsciemment les graines de fausses croyances. Considéré par les contes comme un nuisible voleur fourbe, Goupil est dans la réalité bien plus utile qu'on ne le pense.

D'ailleurs le renard n'était pas le seul animal provoquant autant de passions. Le loup n'était pas en reste depuis quelques années.

Je leur fis part de mon aventure avec la renarde. Bien sûr, je leur avais précisé que mon intention n'était pas de l'apprivoiser. La loi est claire à ce sujet, sa détention est interdite comme sa capture… À cet instant, une élève, qui n'était autre que la fille de mon voisin, intervint fièrement en disant que son père en avait capturé un !

Les enfants racontent tout et possèdent cette spontanéité parfois dérangeante. Car tout ce qui fut dit me causa une rude blessure à l'âme.

Il s'agissait en vérité de la capture de ma visiteuse du soir. L'enfant emportée dans sa soif de raconter son histoire expliqua avec maints détails comment la pauvre créature finit dramatiquement son séjour sur Terre. Certains enfants furent tristes, choqués. D'autres au contraire, sourire aux lèvres, pointe de sadisme à l'œil, semblaient contents.

Il y avait la faim qui faisait sortir l'animal de son terrier, il y avait cette faim qui l'avait poussé à être imprudente, à perdre la vie. Ainsi disparut la renarde…

Dans le commerce, il était facile d'acquérir des cages « piège ». L'usage à la campagne était répandu depuis toujours. Au fond des greniers sommeillaient ces outils que l'on se refourguait de père en fils. Le « problème » des attaques sur les poulaillers ne datait pas d'hier.

La législation était précise : « *Seul est autorisé, l'emploi des pièges des catégories suivantes : les boîtes à fauves et tout autre piège ayant pour objet de capturer l'animal par contention dans un espace clos sans le maintenir directement par une partie de son corps. L'utilisation des pièges ayant pour effet d'entraîner la mort de l'animal par noyade est interdite. Toute personne qui utilise des pièges doit être agréée à cet effet par le préfet du département où elle est domiciliée. Cet agrément fait l'objet d'une attestation numérotée et est valable pour l'ensemble du territoire national.* »

Mon voisin, sans autorisation, mais soucieux d'arrêter les vols nocturnes, eut cette idée : il installerait une cage-piège dans sa volière, choisirait une vieille poule qui servirait d'appât. Il dut attendre plusieurs nuits pour voir son stratagème fonctionner.

Mais un matin, quelle ne fut pas sa joie de surprendre la renarde prostrée derrière les grillages robustes. Il prévint sa femme et ses enfants. Il avait réussi et retrouvait son honneur bafoué.

« Il n'a pas un regard à avoir mangé une poule » disait le plus jeune. « On pourrait le relâcher dans la forêt, loin de chez nous » proposa la plus grande.

En France, près d'un million de renards mouraient annuellement. Abattus, piégés, empoisonnés ou dans des circonstances encore plus barbares : pendus dans des collets, les pattes brisées dans des pièges à mâchoires, agonisant de longues heures, achevés à coups de pioches ou d'une balle dans la tête.

La renarde était en vie. Le petit garçon prit sa défense.

« Ses renardeaux attendent peut-être leur maman dans le terrier. Ils ont faim. Elle est en retard. Le jour s'est levé et elle n'est pas revenue comme à son habitude. On lui a donné une bonne leçon, elle ne reviendra pas chez nous. Les heures passent et ils ont de plus en plus faim. Ils commencent aussi à s'inquiéter. Et si elle ne revenait jamais ? »

Et elle ne revint pas… La décision du père était irrévocable. La peine choisie : la mort. Une mort à la hauteur des ravages causés. Une mort sordide et honteuse.

Dans la cage posée à même le sol, accrochée au pied d'un cerisier, la boule de fourrure rousse allait et venait, s'arrêtait un instant pour gratter les barreaux, puis se remettait à tourner en rond. Le son métallique de ses crocs contre les barreaux de la cage résonnait dans la ruelle encore endormie. Sa petite truffe ronde et noire passait à travers les tiges de fer qu'elle rongeait vainement, ses oreilles pointues rabattues vers l'arrière. Ses yeux noisette ne s'arrêtaient que sur le jardin et les champs environnants où elle rêvait de fuir, ignorant l'être humain qui l'avait privé de sa liberté. En apercevant le piège fermé, le voisin avait couru chercher un pic de bûcheron, il prendrait plaisir à le planter dans le corps de la pauvre prisonnière si elle s'avisait de s'enfuir.

Tout s'était déroulé comme prévu, il s'était montré plus rusé que le prédateur, songeait-il avec fierté. Sa réputation dans le village grandirait avec un tel acte de bravoure !

Il savait assommer une truite et trancher d'un coup sec la tête d'une dinde. Il n'y prenait cependant aucun plaisir, il fallait bien manger. Un mammifère aussi gros que ce renard était une première, certes un peu effrayante. Et pas question de le manger comme le faisaient les anciens. Alors, il taquina la pauvre bête avec un bâton à travers les mailles de la cage. Elle craignait l'homme, se débattait vainement, lui montrait ses crocs, essayait de le mordre.

Deux camps irréconciliables s'affrontaient mais cette fois, mon voisin avait l'avantage.

L'homme constatait le succès du piège et regardait le renard s'agiter et souffrir. Il fallait en finir. Debout devant l'animal, le piégeur lança des yeux pleins de haine : « Tu fais moins la maligne. Tu te rappelles mes dindes ? Tu vas payer pour toutes tes boucheries. Dans un moment, tu prendras le temps de repenser à tout le mal que tu nous as fait ! » conclut-il en riant devant sa femme, sourire aux lèvres, conquise par une telle oraison.

Les enfants avaient peur et se demandaient ce qu'allait faire leur père.

La renarde condamnée s'était couchée au fond de la cage la gueule posée sur ses pattes, résignée. Elle comprenait sans doute son malheur.

Il avait tout prémédité : la cage, le pic et le sac épais en toile de jute dans lequel habituellement il jetait les pommes de terre. Muni de gants épais, il souleva la cage, la fit glisser au fond et noua le sac avec une corde plastique solide.

Le lieu qu'il avait choisi pour tuer l'animal se situait sous le village, à l'abri des regards. Il chargea la renarde perdue sur une brouette. La procession familiale débuta à vive allure, il ne fallait pas de témoins. Le sang ne coula pas. La technique diabolique privilégiée consista à noyer la belle renarde dans un bassin. Technique inspirée du savoir-faire de nos grands-mères qui plongeaient les chatons trop nombreux du printemps dans des lessiveuses sur lesquelles elles posaient des couvercles épais pour ne pas entendre leurs gémissements interminables. Deux grosses pierres furent posées sur la cage pour qu'elle reste bien au fond du réservoir. Pendant dix longues minutes, les enfants ahuris regardèrent les bulles remonter à la surface. Leur père leur épargna la vue du cadavre noyé. Le spectacle était fini, ils pouvaient remonter prendre leur petit-déjeuner avec leur mère ravie…

À l'écoute de cette histoire si bien narrée avec détails par mon élève, je n'avais pas de doute : la cruauté demeurait bien dans le camp des hommes. On se retrouvait au temps des sorcières que l'on immergeait pour deviner leur accointance avec le diable.

Comment pouvait-on être aussi sauvage, abominable et malfaisant ?

Je me dis que certains êtres humains devraient être classés parmi les nuisibles et je doutais à nouveau que l'homme fut « naturellement » bon. Ce drame en était une preuve supplémentaire. Je repensais à ces enfants qui avaient assisté à la mort lente de la renarde. Je repensais à leur désir de lui donner une chance de vivre, de la laisser rejoindre la forêt. Maintenant elle fait partie de mes rêves. J'ai quelques scrupules et tant de « si » …

Si je ne lui avais pas donné à manger, si je ne lui avais pas parlé, si je ne l'avais pas habituée à fréquenter les hommes, si je ne l'avais pas sincèrement aimée…

Alors je me mettais à espérer que l'hiver prochain, un soir de pleine lune, son fils ou sa fille viendrait parader et trouver l'âme sœur sous mes fenêtres. Le cycle de la vie est éternel. Joies et douleurs toujours recommencées.

À l'école, la leçon de choses se transforma en leçon de morale et en une véritable plaidoirie en faveur de la race vulpine. Elle se termina aussi par un conseil prodigué avec un soupçon de mélancolie.

« Enfants, gardez-vous de colporter les idées reçues sur cette bête magnifique. Entendez les études scientifiques. Ne devenez pas à votre tour les exterminateurs de demain. Le renard et l'homme doivent pouvoir vivre paisiblement et ensemble sur cette Terre si meurtrie. Regardez au petit matin dans la rosée du jour naissant, un renard muloter. Écoutez le glapir en pleine nuit. Souvenez-vous qu'il chasse pour se nourrir et s'il tue quelques poules, c'est parce qu'elles étaient mal protégées. Et si par bonheur, il vient vous rendre visite, chassez-le, qu'il parte pour ne pas revenir. Vous lui sauverez la vie… »

Avant de quitter la classe, la petite fille de mon voisin attendit que tous ses camarades soient sortis et vint à mon bureau me confier un secret.

« Vous savez, mon père a enterré votre renarde à la lisière de la forêt. J'ai mis des galets sur sa tombe pour me souvenir. Ne le dites à personne, c'est mon père qui avait oublié de

fermer la porte du poulailler. Je me souviendrai toujours de son regard triste avant qu'il la jette dans le sac. Les papas n'ont parfois pas raison. Moi, les renards, je les aime. »

Cette confession me donna un peu d'espoir.

LE CERTIFICAT D'ÉTUDES

Paris 1900, une belle époque !

Sur les boulevards parisiens, on se promenait avec frénésie et intensité. C'était aussi le début de l'effervescence, des belles attitudes et de l'élégance. Du côté de la culture et des Arts, beaucoup de magnificence. D'ailleurs on se déplaçait en masse pour observer les préparatifs de l'Exposition Universelle, on y croisait des gens aux yeux émerveillés, des gens d'ici ou là, curieux visiteurs aux apparats de charme. Flâneries continues du beau peuple en mal de curiosité.

Un peu plus loin, dans les halles centrales de Paris, la cadence était autre, la vie se précipitait. Des marchands, des mendiants : tout un monde qui souhaitait trouver son compte au milieu de vivres entassés dans une atmosphère pesante presque inquiétante.

Les pavillons Baltard, leur encombrement inextricable du lever au coucher du soleil. Ce marché couvert « ventre de Paris », ensemble de dix bâtiments de 500 tonnes chacun, desservait la capitale et toute la banlieue. Monde fantastique, presque toxique, capitale dans la capitale où les hommes et les chevaux s'activaient mécaniquement.

Tous les passages, toutes les rues adjacentes parsemées de trognons de choux, de débris de salade, où les camions et les voitures à bras obligeaient le piéton à se faufiler, à sauter pour ne pas être écrasé.

Rue Rambuteau, pavillon numéro 3, palais de la viande approvisionné en continu par le déchargement des carcasses fraîches par les « Forts des Halles » côtoyant les clochards. Grouillement humain de cette foule ouvrière acharnée, concentrée, presque esclave. Dévouée aussi à ce que Paris ne manque de rien, ne crève de faim.

À l'intersection de cette rue Rambuteau embouteillée et de la rue Vauvilliers, un homme s'affairait. Il était grand, il paraissait musclé. Un gaillard qui se reconnaissait au premier coup d'œil à son « coltin », ce vaste chapeau caractéristique en cuir jaune et aux larges bords,

muni d'une calotte de plomb. Il lui permettait de supporter les lourdes charges « coltinées » sur la tête et de la protéger, ainsi que le cou et les épaules.

Auguste faisait partie de cette corporation réputée, crainte aussi. Courageux et endurant, il avait surmonté les épreuves exigeantes de la profession de manutentionnaire aux Halles de Paris. C'est son beau-frère qui l'avait poussé dans cette voie, qui l'avait attiré dans l'antre inventé dans un esprit novateur et dressé par Victor Baltard.

Ces lourds pavillons de fer, de fonte et de verre, projet audacieux, allaient susciter l'admiration et nécessiter une main-d'œuvre incroyable. Centre tentaculaire avalant une population aux codes bien définis. Espace d'échanges, de rencontre où la misère et le luxe, la mort et l'espérance se confondaient. Fourmilière sociale cachant des aventures humaines à foison et d'épouvantables drames.

Originaire de Savoie, le petit paysan du Beaufortain s'était mis à rêver. Finie la vie agricole, ses tourments, ses peines et ses malheurs. L'eldorado parisien lui tendait les bras comme pour d'autres à Drouot ou dans les restaurants renommés. Ils avaient fait le chemin, l'aventure était belle, osée mais belle. Maintenant, peu à peu, la diaspora savoyarde s'étoffait dans les différents corps de métiers de la capitale.

Une meilleure vie, des sous, plein de sous, contre un travail maltraitant le corps, abrutissant l'âme. C'était le prix à payer, c'était un engagement pour que vivent mieux sa femme qu'il chérissait, et sa fillette qu'il adorait.

Auguste remplissait les conditions pour être admis comme « Fort des halles ». Français, libéré des obligations militaires, possédant un casier judiciaire vierge, d'une constitution physique hors norme pour sa génération, il avait passé avec succès la fameuse épreuve consistant à porter sur une distance de 60 mètres une charge de 200 kg composée de pavés des rues de Paris. Cela lui rappelait les débardages des billes de bois traînées dans les pentes de Molliessoulaz. Troncs de bois meurtriers parfois comme d'autres charges dans de tels métiers.

Il l'avait dit : s'il fallait se crever au boulot, s'il fallait montrer sa force, son corps le suivrait, lui obéirait. Avec son mètre 80 et ses 95 kg, les 60 mètres ne furent qu'une promenade.

Mais en plus d'être un homme fort, c'était un homme intelligent.

De longues années plus tôt, il avait appris et plutôt bien appris sur les bancs de l'école primaire. Cultivé, calme, vif d'esprit et de cœur, l'école, chef de canton de Beaufort, l'avait vu sortir avec le certificat d'études en poche. Fierté pour sa famille, pour son maître qui voyait en lui peut-être son successeur un jour, qui sait…

Le destin en voulut autrement. Mais tout son savoir et son travail scolaire, son sérieux avaient d'une certaine manière favorisé son avenir, n'étaient pas vains. Un certificat d'études, ce n'était pas rien. Un certificat d'études, c'était le sésame permettant quelquefois de déjouer les pièges de la vie, de faire vriller le fatal destin.

Le clocheton de l'église Saint-Eustache peinait à sortir de la brume dense. Une mince pellicule de neige avait recouvert les pavés, les rendant glissants. Pas si inhabituel pour un mois de février. Les corvées réchauffaient les corps malgré ce froid qui gelait les mains agrippant les carcasses au déchargement des camions et chariots. Noria bruyante entre les abattoirs de la Villette et les halles.

Les bêtes saignées, souvent tranchées en deux, gagnaient les entrepôts de la viande où les attendaient les Forts des Halles. Quartiers de bœuf avoisinant les 150 kg, attrapés par les bras, portés sur le dos et la tête et menés jusqu'aux ateliers de découpe par la seule force de ces bagnards de la chair animale. Muscles puissants du cou qui amortissaient la pression exercée par les masses sanguinolentes dégageant parfois cette odeur particulière de la bête morte à laquelle il s'était habitué, qui ne l'écœurait plus.

Auguste maîtrisait ce geste automatique. Dans la charrette, un autre costaud décrochait un à un les morceaux de barbaque. Et dans un ballet bien orchestré, chaque pièce dépendue allégeait la carriole dont les roues tordues reprenaient forme originelle et se redressaient. Il n'y avait jamais eu de fausse note jusqu'à ce petit matin d'hiver glacial.

Il restait deux cochons de grosse taille à envoyer se faire désosser. Après, ce serait le café et le casse-croûte, la pause réparatrice quotidienne.

Déséquilibré et surpris par le poids du dernier porc, son associé chuta dans la remorque et lâcha la précieuse marchandise. Voulant saisir le cochon dans un geste désespéré pour ne pas l'abîmer, Auguste réussit à l'empoigner mais fut emporté inexorablement. Il culbuta sur la chaussée verglacée. Le mauvais sort s'acharna. À ce moment, un attelage de deux comtois dépassa la charrette garée. Un des deux puissants animaux, apeuré sans doute, hennit vivement. Pris de panique, il s'emballa subitement, se retourna et décocha une ruade. Tragiquement, l'énorme sabot ferré toucha violemment notre homme au crâne. Auguste ne se releva pas. Au milieu de la rue, inconscient, il fut vite ramassé et transporté à l'infirmerie du Pavillon n° 3. Ses copains ne purent rien pour lui et constatèrent son décès.

La mortelle ruade plongeait les Forts des Halles dans un profond deuil. Elle rendait orpheline Marcelle, une petite fille âgée d'à peine dix ans et définitivement inconsolable Eugénie, une femme si amoureuse.

On fit une quête, on régla les obsèques comme le voulait la tradition et la solidarité de cette corporation.

Que faire maintenant pour survivre seules et sans ressources ?

Eugénie avait épousé Auguste. Marcelle était née en 1890 de leur passion commune. Dorénavant tout demeurait fragile, délicat, presque dangereux dans ce Paris en ébullition.

La sage décision de quitter la capitale fut prise. Le retour dans la famille en Savoie semblait la solution la plus raisonnable. Marie la grand-mère de Marcelle se proposait de les accueillir provisoirement, le temps de se retourner. La modeste ferme à Queige leur offrirait de quoi se nourrir. Sans compter que quelques bras supplémentaires arrangeraient bien l'affaire de ces paysans dont la vie s'apparentait parfois à l'esclavage tant ils étaient soumis aux caprices de la montagne, été comme hiver.

Mère et fille, veuve et orpheline, regagnèrent les portes du Beaufortain, emportant avec elles le cercueil du père aimé qui se coucha pour l'éternité dans le petit cimetière au cœur du village. Ce retour fut compliqué, pas pour le mort à qui on ne pardonnait pas ses rêves parisiens depuis longtemps, qu'on jalousait et qu'on méprisait volontiers. Il avait échoué, il en avait fini, il n'y pouvait plus rien. Son retour entre quatre planches apparaissait aux yeux de certaines méchantes personnes comme le malheur promis à qui osait abandonner son village, ses racines pour de l'argent, cet argent sale de la ville gagné sans doute dans des activités peu chrétiennes.

La fillette se souvenait des paroles de son père. Les conseils qu'il lui avait donnés sans cesse résonnaient dans son cœur, lui permettaient de ne pas sombrer définitivement dans les abîmes de la mélancolie d'un temps qui ne reviendrait plus. Lutter de toutes ses forces pour soutenir sa mère en déséquilibre, l'épauler afin que cette mauvaise passe s'estompe un peu pour permettre de continuer de vivre.

Elle comprit très vite que l'école lui permettrait de franchir tant bien que mal les difficultés. Comme son père le rappelait souvent, le savoir fournirait les armes utiles et nécessaires pour envisager un avenir meilleur. Marcelle avait parfaitement retenu ce conseil. C'était grâce à cette culture générale, ces connaissances qu'Auguste avait pu choisir son destin. Maintenant sa fille devait marcher dans ses traces, obtenir de dignes résultats sur les bancs de l'école pour honorer sa mémoire et être libre de choisir sa voie.

Alors en ce mois de février, elle fit ses adieux à sa maîtresse de la grande école de filles du quartier de l'horloge aux allures de caserne militaire. Pas besoin de lui promettre qu'elle poursuivrait ses efforts, qu'elle serait sérieuse. Ses yeux pétillants semblaient une garantie de réussite et de ténacité.

Changement de vie, changement d'école. Rupture totale.

Ce furent d'abord les adieux à Paris. Direction la gare de Lyon. Les Forts des Halles s'étaient occupés de tout. Un billet comme pour un départ en villégiature. Dernière carte postale de Paris : « gare cathédrale », moderne, dédiée au voyage, qui s'adressait plutôt à la haute société de la Belle Époque qu'à deux partantes pour l'exil savoyard. Une nouvelle vie commençait par son lot d'incertitudes.

Quelques rares affaires vite ramassées et jetées dans deux modestes valises dont la blouse du papa avec au revers la plaque rectangulaire de cuivre aux armes de Paris et gravée à son nom. Souvenir d'une aventure parisienne qui avait été noble, courageuse et enrichissante.

Et puis une somme d'argent donnée sur le quai de la gare, porte feuille bien garni remis par Félix, le chef d'Auguste accompagné par une dizaine d'amis appartenant à la corporation. En ce genre d'évènement, la solidarité n'était pas un vain mot.

Pas de grand discours, les regards suffisaient.

Félix glissa à Eugénie un simple billet sur lequel figurait son adresse à Paris. On ne sait jamais.

– *Cela vous permettra de faire face aux premières nécessités. La vie est éprouvante en montagne. Et avec la petite, il vous faut un grand courage. Nous attendons de vos nouvelles, écrivez-moi. Quoiqu'il arrive, je serai là.*

En route maintenant pour le long voyage qui devait les conduire à Aix-les-Bains, terminus à la porte des Grandes Alpes où elles prendraient ensuite l'omnibus jusqu'à Albertville.

Les Forts des Halles se découvrirent aux premiers soubresauts du wagon et agitèrent leurs chapeaux en guise d'adieux. Marcelle, sidérée et songeuse, enregistrait dans sa mémoire cette fabuleuse carte postale d'un Paris féerique. Quelques larmes coulèrent et vinrent se mêler aux gouttes de pluie ruisselant sur les vitres. Cette sensation de chatouille sur son visage lui était presque inconnue. Preuve qu'elle avait été une enfant de l'amour. Mais aujourd'hui, en laissant ainsi ses larmes couler, elle ressentit une sensation incroyable de soulagement et de sérénité, comme si tous ses pleurs avaient entraîné dans leur ruissellement ses angoisses. Une page de sa petite vie se tournait définitivement, elle rentrait prématurément dans l'âge adulte.

Quinze heures plus tard et après six arrêts, le lac du Bourget apparaissait enfin. Nuit blanche pour la fillette, nuit d'inquiétude à voir défiler les silhouettes des villages, des paysages de France inconnus, à être effrayée quand brutalement la locomotive s'engouffrait dans les tunnels ébranlant les cabines, pressant la fillette contre sa mère.

À la descente de l'omnibus à Albertville, Marcelle plongea instinctivement dans les bras de son grand-père. Cette longue étreinte marquait le début d'une longue épreuve : celle de la reconnaissance au sein d'un village qu'elle n'avait jamais découvert. Elle y rentra presque en princesse, assise sur l'immense mulet noir prêté par les voisins, emmitouflée dans une épaisse couverture de laine car le vent mordant le long du Doron lui rappelait que la saison d'hiver était loin d'être finie.

Étrange procession près des rives paralysées par le gel sous le couvert de la forêt endormie.

Elle avait quitté la grande ville pour vivre dorénavant dans le pays de la neige et des torrents tumultueux. Cela ne lui déplaisait pas, au contraire. Fille des quartiers agités, la nature l'adoptait déjà.

Au chef-lieu, sa grand-mère l'attendait, assise près de la fenêtre donnant sur la place. Maison modeste au toit très pentu, comme tant d'autres voisines de l'église Sainte-Agathe, qui respire la sérénité et où le temps semble s'être arrêté.

Village de montagne niché dans ce pays aux mille sources, aux pâturages verdoyants cachant les pépites turquoise que forment ses lacs un peu plus haut. Cadre propice aux rêveries d'une enfant de dix ans qui n'a jamais rien connu que le gris des boulevards. Il faudra attendre un peu car la neige est là et bien là.

Vite descendre du mulet, le rentrer à l'étable pour qu'il se nourrisse et se repose avant de le rendre. Faire comme lui : vite rejoindre la chaleur de la cuisinière où mijote déjà la soupe consolante.

Première rencontre avec sa grand-mère, premières hésitations, premiers sourires pour s'apprivoiser et premiers baisers.

Car jamais Marcelle, née à Paris, trop loin, trop cher pour se permettre des visites et des retrouvailles pourtant naturelles, n'avait pu embrasser sa mémé. Beaucoup de choses à se dire, mais les mots en ce premier soir peinaient à sortir. On verrait demain, il serait temps.

Marcelle fut étonnée de devoir partager le rez-de-chaussée avec deux vaches et trois moutons qui semblaient attendre impassibles le retour des beaux jours. Rapidement, elle s'habitua à cette chaleur animale moins toxique que le poêle à charbon qui fumait constamment rue Rambuteau au 4e étage et faisait tousser. Elle s'habitua aussi à porter sur elle l'odeur si caractéristique du feu de bois mélangé à celle des tarines. Ce n'était pas si grave car à l'école tous conservaient ces traces olfactives dans la laine de leurs vêtements. Pas question de s'en étonner car à Queige, on est tous paysans, ou presque.

L'école, Marcelle ne tarda pas à y aller. C'était le souhait de sa famille, c'était son désir à elle aussi. Un désir qui même s'il amenait une légère anxiété, n'en était pas moins puissant. D'une manière très surprenante, ce fut l'école qui vint à elle le dimanche suivant au sortir de la messe.

Grand-mère, fille et petite-fille, toutes de noir vêtues assistaient à l'office durant lequel des prières pour le défunt Auguste allaient être récitées. Au rang juste devant elles, une jolie jeune fille, institutrice titulaire, était assise. Au retour de communion, elle fit un léger sourire à Marcelle comme si elle la connaissait déjà.

À l'issue du culte religieux, cette frêle femme rattrapa l'enfant sur le parvis et l'interpela. Cette maîtresse de village savait déjà qu'une nouvelle élève allait pousser les portes de sa classe.

Grand-mère estimait beaucoup l'enseignante, sa réputation n'était plus à faire tant sa vocation semblait indiscutable, son engagement sans limites auprès des enfants comme des familles de la commune.

– *Alors c'est toi la petite parisienne qui va venir dans mon école ? Je t'ai déjà préparé ton pupitre et tes cahiers. Nous t'attendrons demain matin. Il ne faut pas perdre de temps.*

La maîtresse salua la famille de Marcelle qui manifestement avait une mine ravie. Fière et comblée de tant d'attention.

Rentrée sereine le lendemain pour la sérieuse écolière qui portait un cartable défraîchi contenant le dernier carnet de notes rempli par son ancienne maîtresse, un cahier de brouillon où l'écriture de son père apparaissait, quelques opérations posées par ses soins à l'encre violette. Elle donnerait tout de suite à sa nouvelle enseignante le bulletin prouvant ses excellentes aptitudes, renseigné d'appréciations optimistes et élogieuses. Histoire de prouver ses capacités, manière de se positionner au sein de ses nouveaux camarades, de montrer son opiniâtreté également.

Marcelle s'adapta aisément à son nouvel environnement scolaire, obtint des résultats très satisfaisants. Enfant sociable, elle se lia d'amitié avec d'autres petites filles du bourg.

Cette fin d'année scolaire confirma qu'à la rentrée suivante de septembre, l'année de ses douze ans, elle se placerait, avec autant de travail et d'écoute, dans le trio de tête de l'école de Queige. Tous les rêves semblaient permis.

L'été 1901 défila au gré des travaux des champs, de la fenaison, des vergers à irriguer, des rares expéditions dans les alpages près du grand-père. Trois moutons et une chèvre récemment acquis que Marcelle emmenait aux prés. Accompagnée de sa mère au début, puis toute seule, comme une grande à qui l'on fait confiance.

De longues semaines à découvrir la nature, le chant des torrents… À s'allonger pour de courts instants à écouter le vent et les oiseaux, à dévorer les fraises des bois, les framboises sucrées, à écouter les cris des forêts auxquels elle s'habituait sans frayeur aucune.

Quelques semaines avaient suffi à la métamorphoser en une montagnarde aguerrie, prudente. Ces observations quotidiennes, ces riches expériences complétaient l'intelligence qu'elle avait acquise dans les livres, en classe et auprès de son père disparu. D'ailleurs, Marcelle, avant de s'endormir, s'employait à revoir ses cahiers et surtout à lire jusqu'à ce que le livre tombe de ses mains, le corps trop épuisé par les labeurs du jour.

À la maison, on ne s'était pas inquiété de constater qu'une pile de livres s'était retrouvée au pied du lit. Le jour des grandes vacances, on n'avait pas eu besoin de poser des questions quand la fillette était revenue, le cartable gonflé par une dizaine d'ouvrages prêtés par sa maîtresse. Même le grand-père, convaincu que l'avenir des petites filles ne résidait pas dans le savoir caché dans les pages des livres, avait fermé les yeux, pensant peut-être donner une chance à sa petite-fille de s'élever comme quelques autres jeunes femmes du canton. Sans doute, à ses yeux, Marcelle était unique, alors après tout, pourquoi ne pas laisser le destin choisir.

Ce destin, elle savait comment le modeler selon ses vœux. Toujours cette détermination et ces paroles paternelles qui revenaient souvent : « se doter des armes nécessaires pour bâtir son avenir meilleur ». Jamais elle n'oublierait cette voix et ces conseils.

Octobre approchait et les vendanges se terminaient. Les caisses de pommes de terre, abondantes cette année, remplissaient la cave fraîche. Les poiriers et les pommiers avaient produit des fruits de belle taille et garnissaient toutes les larges planches du cellier. Alors, tous étaient rassurés. La mauvaise et longue saison pouvait venir.

Sept mois déjà qu'elles étaient revenues de Paris.

Eugénie se décida un soir à donner quelques nouvelles à Félix, par politesse, par envie… Depuis leur retour dans les Alpes, l'adresse inscrite sur le morceau de papier avait été précieusement cachée sous une pile de drap.

Quelques phrases abandonnées, en désordre, expliquaient le fil des saisons, leur existence quotidienne, quelques joies. En somme une vie simple à un détail près et fort important aux yeux de cette mère : Marcelle progressait dans ses études, Marcelle se battait. Deux ou trois mots volontairement jetés pour finir : elle regrettait sa vie parisienne. Non pas que ses parents l'ennuyaient, au contraire : ils faisaient tout pour leur bonheur. En vérité, elle ne se sentait pas chez elle. Aux Halles, Eugénie avait goûté à une certaine liberté et organisait ses journées comme elle l'entendait.

Revenant ainsi dans sa maison d'enfance, elle estimait régresser et conclut sa missive en confiant à Félix son souhait de regagner la capitale un jour, si le destin le lui permettait… Pour le moment, priorité à la réussite scolaire de sa fille, après on verrait.

Depuis quelques jours, l'école s'agitait. Prévoyante, l'institutrice avait rallumé le poêle et rempli les encriers. La rentrée survint avec presque tous les enfants présents.

Quelques-uns traînaient des pieds prétextant leur présence indispensable aux derniers travaux agricoles.

Seconde rentrée dans la même année pour Marcelle. On retrouvait ses copines, on reprenait ses marques. Rien n'avait changé d'ailleurs. Le tableau noir avait patienté sagement durant deux longs mois, les nouvelles maximes moralistes ne tarderaient pas à le chatouiller par le crissement de la craie au début de chaque matinée.

La longue absence scolaire estivale n'avait en rien modifié le comportement de l'écolière. Les bons résultats s'enchaînaient, les apprentissages se confortaient sereinement.

Premier Noël sans Papa, premières chutes de neige abondantes qui barraient les chemins, empêchant ceux des hameaux isolés d'atteindre l'école, les laissant libres de tous vagabondages et jeux d'hiver.

C'était un peu avant la semaine de Pâques que la maîtresse demanda à Marcelle et à sa meilleure copine Justine de patienter à son bureau le temps qu'elle accompagne ses élèves au portail dans la cour. Les fillettes ne s'y attendaient pas, s'interrogeaient et se regardaient mutuellement, presque inquiètes. Le visage rayonnant de l'institutrice, son sourire dissipèrent vite leur crainte.

– *J'ai reçu la demande officielle annuelle de Monsieur l'Inspecteur d'académie pour l'épreuve du certificat d'études de juin prochain. Je dois choisir parmi mes élèves deux ou trois candidates. Évidemment, je ne veux pas le décevoir, je ne peux pas le décevoir. Monsieur l'inspecteur a les yeux rivés sur notre école et sur moi particulièrement puisque j'ai fait une demande de mutation pour le groupe scolaire d'Albertville où enseigne mon mari.*

Les pommettes des deux fillettes rougirent. Marcelle comprenait qu'une étape décisive était franchie, que la chance de sa courte vie se présentait à elle.

– *Nous allons donc nous retrousser les manches et nous préparer sérieusement à cet examen. Avant d'en parler à vos familles, je voulais recueillir votre sentiment et obtenir votre consentement. Si vous êtes d'accord, je vous garderai comme je l'ai fait les années précédentes tous les soirs après la classe pour réviser, vous entraîner, vous aguerrir à ce certificat que bien d'autres avant vous ont réussi. Je suis confiante quant à votre réussite. Mais il faudra accepter ces sacrifices après six heures de classe. Qu'en pensez-vous ?*

Les deux fillettes n'avaient pas été désignées par hasard. Leur régularité, leur persévérance et singulièrement leur caractère semblaient un gage de réussite. L'institutrice misait sur de bons chevaux sans prendre trop de risque ! Puisque l'inspecteur primaire désirait jauger la valeur professionnelle de la pédagogue, autant mettre tous les atouts de son côté.

Les écolières, dans leur douzième année, bien qu'elles soient bien jeunes, acceptèrent le défi et remercièrent leur maîtresse. Le « certif » symbolisait le passage entre deux âges de la vie et jouait le rôle d'un rite d'initiation.

Méthodiquement, toutes les matières furent retravaillées. Dictées machiavéliques, problèmes difficiles, rédactions variées : rien ne fut oublié. Elles venaient même le jeudi, jour des enfants et de repos, pour des rafales d'exercices supplémentaires. Elles seraient prêtes à affronter les croisements de trains, les robinets qui fuient et la série de dates de l'histoire de France. Et sans faire la moue, bravement, héroïquement, elles recommençaient une dernière dictée dont la correction faite par Madame la directrice, parfois, leur donnait la chair de poule. La maîtresse, si tendre, si maternelle, n'arrêtait pas de donner des recommandations. Elle était un peu stressée ayant dans la tête l'intention de bien briller aux yeux de l'inspecteur. L'institutrice qui aurait instruit l'élève 1re du canton serait bien considérée et pourrait espérer quelques menus avantages administratifs.

Jamais les gamines ne montraient de signes d'agacement ou de fatigue, au contraire. Elles buvaient les conseils de leur enseignante comme l'on buvait une liqueur douce réconfortante et stimulante. Une confiance réciproque leur apportait beaucoup d'amour.

Le mercredi 25 juin marqua Marcelle pour tout le restant de sa vie à plusieurs titres. Endimanchées, les candidates entamaient l'escapade vers Beaufort, l'école choisie pour être le lieu de l'examen, celle-là même qui avait vu son père couronné de gloire.

C'était la première fois depuis bien longtemps qu'elle revêtait sa robe du dimanche et ses souliers de cérémonie. Vêtement noir méticuleusement repassé sur lequel tombait de son cou un collier d'où tournait une perle, dernier cadeau de son père pour ses neuf ans, qu'elle ne cessait de caresser dans ses doigts.

Réunies dans la grande salle du conseil municipal, aménagée pour l'occasion officielle, les postulantes débutèrent le concours dans un silence pesant sous la surveillance de presque autant de maîtresses et de maîtres aux yeux plus inquisiteurs que rassurants.

L'institutrice de Queige attendait, embarrassée, dans le vaste couloir.

Pourtant, pour les deux fillettes, cet examen sembla une simple formalité. Tout leur parut facile ! La dictée ? Elles en avaient bien vu d'autres et bien plus sournoises. Les problèmes ? Elles en avaient fait des centaines semblables. La rédaction ? La feuille qui d'ordinaire peinait à se noircir, se remplit avec une écriture soignée et des majuscules harmonieuses d'une rare beauté.

Le sujet dont voici l'énoncé avait visiblement inspiré Marcelle et sa copine. Il paraissait annonciateur d'une belle victoire.

« *Une petite fille, étourdie parfois, mais bonne, quelquefois grondée en classe, souvent aussi encouragée, va quitter l'école après avoir obtenu le certificat d'études. Elle se rend auprès de sa maîtresse pour la remercier et afin de lui donner un témoignage de reconnaissance, elle lui porte un petit bouquet qu'elle a fait elle-même avec les fleurs du jardin de sa grand-mère,*

Rapportez les paroles de l'enfant et la réponse de la maîtresse. »

Le clocher sonnait les 11 h 30, fin des épreuves du matin.

Très calmement, toutes sortirent de la salle après que les examinateurs eurent ramassé les copies posées au coin des tables.

La majorité des enfants déjeunèrent sur place devant le château « Mairie-école » où des tables furent placées comme pour un banquet.

La maîtresse de Queige leur fit une surprise en les emmenant à l'hôtel du Grand Mont. Pour un moment exceptionnel, elles méritaient largement un repas extraordinaire qui leur donnerait les ressources pour affronter les dernières souffrances de l'après-midi.

Timides, elles purent choisir leur plat en toute liberté. Ce furent des truites pêchées au lever du soleil saupoudrées d'amandes qui émoustillèrent leur appétit et rassasièrent leur estomac bien vide après tant de dépenses d'énergie scolaire.

L'hôtelier leur offrit une délicieuse glace à la vanille, sorte d'ultime encouragement. Jamais dans leur courte existence, des gens étrangers à leur famille n'avaient été aussi attentionnés à leur égard. Le souvenir de cette truite, lié aux paroles et aux sourires revigorants de celle qui les avaient invitées, la poursuivra toute sa vie comme un souffle d'enfance inaltérable.

La chaleur de ce début d'été avait conduit les élèves à se mettre à l'ombre dans les couloirs de l'école dont les murs épais apportaient une agréable fraîcheur.

Au-dessus, les professeurs corrigeaient les épreuves passées.

On aperçut la silhouette sombre et austère de l'inspecteur primaire qui vint remobiliser les jeunes troupes pour les épreuves de l'après-midi : lecture expliquée et sciences, dessin, couture pour les filles, travail manuel pour les garçons, récitation ou chant tiré au sort.

Des fenêtres ouvertes s'envolèrent dans le ciel sans nuage les voix magiques des enfants.

Marcelle eut la chance de réciter une fable de Jean de La Fontaine qu'elle connaissait fort bien : le lion et le rat. Ce fut une poésie magnifiquement racontée, mimée pour le plus grand plaisir du jury. Pas d'oublis, pas d'hésitation, juste une surprenante maîtrise appréciée.

Pour être reçu, il fallait n'avoir eu zéro ni en orthographe, ni en calcul, avoir obtenu la moyenne à l'ensemble rédaction-orthographe-calcul-sciences et cela va de soi obtenir la moyenne à l'ensemble des épreuves. La peur de dépasser la barre fatidique des cinq fautes en dictée se lisait sur certains visages mais pas sur celui des deux insouciantes queigeraines.

Toutes les épreuves orales allaient finir. 16 h 30, déjà…

La longue attente des résultats commençait, interminable pour quelques-uns.

Après une heure à tourner en rond devant l'école, les enfants aperçurent le directeur de Beaufort pousser la porte. Toutes et tous se mirent en rang. Chacun fut appelé et invité à se rendre dans son grand bureau où d'ordinaire on les convoquait pour de sévères remontrances.

Là-bas, formant un cercle noir, les examinateurs, avec à leur tête au centre, l'inspecteur d'académie en personne, accueillaient chaque élève pour la proclamation de chaque résultat par ordre alphabétique. Les notes individuelles furent annoncées. Le ton accusateur ou au contraire bienveillant indiquait au gamin le dénuement de cette journée stressante.

Trente-quatre élèves passèrent cette année-là le concours. Trente l'obtinrent ! Quand vint le tour de Marcelle d'aller écouter les résultats, elle savait déjà que Justine était lauréate et vu la mine étincelante de sa copine quand elle sortit des griffes du jury, elle sentit son espoir grandir.

Son patronyme résonna depuis le fond du couloir. Marcelle parcourut seule les dix longs mètres qui la menaient au bureau. Les mains le long du corps, touchant à peine sa belle robe noire, elle poussa la porte vitrée du cabinet du directeur, statufiée. En face d'elle, près de l'inspecteur, sa maîtresse tenait un ruban tricolore. Nullement impressionnée, elle montait doucement vers la gloire.

L'inspecteur gardait un air dramatique et prit la parole.

« La commission d'examen chargée de la délivrance du Certificat d'études primaires, certifie que Mademoiselle Fosseret-Petton Marcelle Marie née à Paris le 21 août 1890, demeurant à Queige, département de la Savoie, a fréquenté l'école publique depuis le 22 février 1901, a subi un examen, duquel elle a mérité les mentions suivantes dans les différentes branches de l'enseignement primaire qu'elle a étudiées, savoir :

Lecture : Très bien
Écriture : Très bien
Orthographe : Très bien
Arithmétique : Très bien
Problèmes : Très bien
Histoire de France : Très bien
Géographie : Très bien
Récitation : Très bien
Morale : Bien

Considérant le caractère très satisfaisant de ces résultats, lui accorde le Certificat d'études primaires au nom de l'Instruction Publique et de la République Française. »

Chacun des membres du jury lui serra la main en la félicitant joyeusement et chaleureusement. Ce fut sa maîtresse qui fut chargée de lui agrafer le ruban tricolore dont l'adjectif « Reçu » était au masculin ! Elle apposa fièrement sa signature au bas du diplôme à côté du tampon de l'inspection académique.

Chose notable : les deux élèves de Queige n'avaient commis aucune faute à la dictée. Leur maîtresse pouvait croire en ses chances de mutation…

Avoir le « Certif » en poche était habituellement le point d'achèvement de l'enseignement primaire élémentaire, réservé aux élèves ne se destinant pas à des études prolongées. Mais pour ce qui concernait Marcelle, l'exception confirma la règle.

D'abord ce fut le retour chez ses grands-parents où sa mère trépignait d'angoisse. Les candidates victorieuses débarquèrent avec leur maîtresse qui fut invitée à partager le soir un repas de fête. Le précieux document circula autour de la table comme un trophée inestimable. L'enfant avait réussi son pari et honoré la mémoire de son père. Néanmoins, ce ne fut qu'une étape, elle avait d'autres ambitions. Fallait-il que le sort s'en mêle pour qu'elle réalisât ses rêves ?

Ce fut un été de repos bien mérité, ce fut aussi un été de retrouvailles.

Durant les mois passés, le facteur avait distribué à Eugénie plusieurs enveloppes dont les timbres étaient oblitérés de Paris. Portant encore le deuil, elle avait dans le plus grand secret répondu par politesse, par sentiment aussi. Ses parents le savaient et ne disaient rien.

Un peu avant le 15 août, la mère de Marcelle reçut une lettre de Félix annonçant sa venue sans préciser en détail les raisons de son voyage. Sa fille gardait un souvenir attachant de cet homme qui les avait aidées au plus sombre moment de leur vie.

L'arrivée de cet étranger endimanché, la tête couverte d'un canotier en paille, ne passa pas inaperçu dans les ruelles du village. Il se rendit directement chez les grands-parents. Marcelle, avertie de sa visite, ramenait justement les chèvres.

– *Vous êtes Félix et vous venez de Paris. Je vous connais, vous savez. J'ai un peu grandi. Vous, vous êtes toujours aussi fort !*
– *On se connaît, c'est vrai. Les halles, Paris, ce n'est pas si loin...*

Devant la maison, Eugénie regardait sa fille discuter et s'approcha. Félix avait de bonnes nouvelles pour la petite famille et revenait de Paris avec quelques propositions susceptibles d'enchanter tout le monde. Il prit Eugénie à l'écart. Le couple s'assit sur le muret de l'église. La discussion dura une bonne heure ; et à voir les sourires de la maman de Marcelle, elle semblait très productive. La demoiselle jouait un peu plus loin, tournait la tête en entendant les rires partagés. On aurait dit deux enfants complices.

Le chef des Forts des Halles proposait aux deux anciennes parisiennes de revenir aux halles. Oh, pas tout de suite ! Quand le temps du deuil serait dépassé pour ne pas faire parler les mauvaises langues.

La vie était compliquée et les revenus de la petite ferme familiale ne permettaient pas des écarts, des fantaisies dont rêve chacun. Alors, Félix n'y alla pas par quatre chemins en soumettant l'idée à Eugénie de venir travailler au marché aux fleurs près des halles, près du pavillon de la viande où il officiait. Une place s'était libérée, ses relations lui permettaient de la réserver pour quelqu'un de sa famille. Eugénie était presque de sa famille...

Autre proposition et non des moindres : Marcelle pourrait poursuivre ses études secondaires, il s'engageait à les payer.

Eugénie ne se donna pas le temps de réfléchir, accepta avec euphorie à une condition : que Marcelle approuva le projet, cette nouvelle vie qui leur tendait les bras. Ce qu'elle fit avec le même enthousiasme que sa mère !

Les grands-parents savaient que la situation depuis la mort d'Auguste était temporaire. Si le bonheur et l'avenir de ceux qu'ils aimaient passaient par un renouveau parisien, ils les encourageraient à partir.

Au printemps suivant, Félix revint les chercher avec dans ses bagages deux robes fleuries, signe d'un nouveau départ dans la vie, plein d'espoirs.

Marcelle offrit un cadeau inestimable à ses grands-parents. Le diplôme du certificat d'études resterait sur le buffet bien à l'abri dans un cadre de verre. Ainsi le matin, le midi et le soir, au moment des repas, ils penseraient à leur Parisienne de petite-fille, leur petit amour si courageuse. Les adieux se firent dans les larmes mais se firent quand même.

Eugénie et Félix se marièrent à l'église Saint-Eustache. Marcelle entra à l'école Normale d'institutrices de Paris pour ses seize ans et obtint brillamment le Brevet Supérieur. Étant placée dans les cinq premières, elle aurait pu enseigner dans un bel établissement réputé. Ce ne fut pas son choix, elle fut nommée dans la modeste école à la population défavorisée près des halles, rue Rambuteau, celle qui lui avait donné le goût de s'instruire.

Cent vingt ans plus tard, le certificat d'études de Marcelle se retrouva mis en vente pour la modique somme de 6 euros dans une brocante.

La maison de Queige avait été vendue. Les nouveaux propriétaires avaient découvert, posé au-dessus du buffet, le « diplôme de l'honneur », protégé sans doute par le grand-père dans du papier journal.

Ayant surmonté les épreuves du temps, la si belle signature de l'enfant exprimait encore sa ténacité et sa soif d'apprendre.

RÉPUBLIQUE FRANÇAISE

DÉPARTEMENT
DE LA SAVOIE

ACADÉMIE
DE CHAMBÉRY

INSTRUCTION PUBLIQUE

Certificat d'Études primaires

L'Inspecteur d'Académie du département de la Savoie,

Vu l'article 6 de la loi du 28 mars 1882 ;

Vu l'arrêté du 31 juillet 1897 ;

Vu le procès-verbal de l'examen subi par Mlle Fosseret Petton Marcelle Marie dans les conditions déterminées par l'arrêté sus-visé ;

Vu le certificat en date du 6 juin 1902, par lequel la Commission cantonale de Beaufort, siégeant pour la session de 1902, atteste que Mlle Fosseret Petton Marcelle Marie née le 21 Août 1890, à Paris (16e Arrondissement), département de la Seine, a été jugée digne d'obtenir le Certificat d'Etudes primaires ;

Délivre à Melle Fosseret Petton Marcelle Marie

le présent certificat d'études primaires pour servir et valoir ce que de droit.

A Chambéry, le 21 juillet 1902.

Signature du Titulaire,

Marcelle Fosseret

INSPECTION ACADÉMIQUE – UNIVERSITÉ DE FRANCE – CHAMBÉRY

L'Inspecteur d'Académie,

Havard

Chambéry. – IMPRIMERIE NOUVELLE

La Fontaine de Siloé

PEFC
10-31-3532

IMPRIM'VERT®

Achevé d'imprimer en mai 2024
par Sepec Numérique – 01960 Péronnas
N° d'imprimeur : N21142240498